番薯要少林

娜芝娜——著
許育榮——圖

目錄

名家推薦

黃筱茵（童書翻譯評論工作者）：

《番薯耍少林》是一部獨具巧思、從形式上開展敘事意涵的獨特作品。故事從阿公接受孫女的訪談錄音開啟，穿插祖孫對談、阿公的回想與鮮活的地方軼事，讓大溪厝的過往活靈活現的躍動在讀者眼前。少林齊眉棍的招式串接了每個篇章，作者寫出鄉鎮沉睡的往事、傳統文化的斷層，也深切表達了對於保存種種文化記憶與質地的想望。作者精采的呈現出陣頭文化的生命力與械鬥時刻的對峙與混亂緊張，我們聽見鑼鼓震天價響、聽見棍棒刀劍掉落一地的聲音，也看見那個遠去的時代，人民辛勤不懈的工作與生活的身影。

謝鴻文（林鍾隆兒童文學推廣工作室執行長）：

以「番薯」象徵臺灣，「少林武術」隱喻中國，唐山過臺灣，文化的嫁接，落地生根，蓬勃延展。此小說真實關照於清代以降的諸羅（嘉義），提取此地的歷史傳說，族群開發的械鬥，庄頭團練少林武術、宋江陣、龕仔獅等藝陣文化的流傳，匯炒出熱血澎湃，生鮮有勁的鄉土圖像。

更特別的是，小說一方面借引武術器械套路的「起棍」、「馬步立掌」、「上步劈棍」等名稱作為篇章的連接，內蘊著主角阿公的生命元氣，也暗合於情節轉變。再則採用阿公口述歷史的直敘鋪陳，阿公為了幫外孫女完成一份「跨領域學習」的作業，宛如精彩的說書人，把家族的故事，和地方文化傳統的牽繫，歷史的遞嬗，人事的變遷，一籮筐傾訴說盡。時代與庶民生活的光景，影影綽綽流轉，既有辛酸淚，還有更多的是樂觀幽默以對的笑顏。

真的是太好啦！

黃秋芳

小說的命名和章節，如果鋪墊出厚實的底色，就會像一顆種子，自主生養出骨血。有時是後設的疊影，有時是新聞和生活瞬間的切片，更多的可能是我們在真實人生裡點點滴滴的回溫，包裹在虛構的安全網裡，得到自由，無從設限的擴張滲透。

在厚厚一大疊參賽初稿中讀到《番薯耍少林》，就像行進在一大片洪荒叢林中，異靈潛伏，曖曖含光，忍不住被吸引，停下來多讀了幾遍。越讀，越是歡喜。彷如握有一種異能，隨著文字，幻生出時代背景、社會氛圍、人物曲折，為故事渲染出並不是那麼確定的多層次折射，每一種曲折，都多了些虛虛實實的可能。

1.能夠出版，太好啦！

全書以「少林齊眉棍」撐出框架，立棍於地，眉齊為度，章節極盡巧思，從起棍到收棍的三十一種棍法中，聚焦十六個篇章，開展出「起」、「承」、「轉」、「合」。開場四章從「起棍」、「馬步立掌」、「金雞獨立」、「弓步推掌」做生活回眸，從常見卻又經常被敷衍的家族史作業，跨進讓人充滿期待的無限可能；而後，「愚公移山」劈出荒謬如神話的時空走廊，接生「上步劈棍」、「回頭望月」、「虛步架棍」、「轉身橫掃」的荒誕愛情和無稽械鬥，開展出誇張又充滿妙趣的家園庇護、生命依存和繁華枯榮。到了「上步架棍」形成轉折，回到現實的迷失陷落；

而後透過「蓋棍」、「立掃千鈞」、「隔擋蓋棍」、「仙人指路」重新整理，直到化不可能為可能的「立劈華山」，最後在「收棍」中找到自己的定位和方向。

迥異於長期透出悲情色彩的本土文學，藉由祖孫對話的純真視角和幽默語氣，以及不需要絕對精準的語言風情，塗抹時代轉型中的求生掙扎，齊眉棍的「降魔除邪，橫掃千軍」，到了生存現實，只能「降小小的心魔」、「除迷途中的邪祟」。一個人的自我搏鬥，不曾橫掃千軍，也是生命中極為慘烈的奮戰，讓我們在輕鬆又帶著微微感傷的回眸中，感受臺灣廟會陣頭，經歷晚清械鬥、日治滋事、戒嚴時期的黑金黑道，直到本土尋根的年輕勢力崛起，成為新鮮生動的「文化復興」。

這種運用龐大時空形成的「主題」和「逆轉」，合情合理的布局、詮釋，擦出一點點光焰和溫度，在真實生活中烘焙出寬容和同情，並不一定得以和解，卻接生出足夠的力量，接納一切的不能圓滿。不過，參賽是一場「盡人事，聽天命」的荒原跋涉，創作者循著自己的信念全力以赴的「生」，接著只能交給際遇和運氣去「養」。

這顆「榛莽璞玉」在第一輪初投票時，僅有一票支持，運氣不算好。經過開採、琢磨，總算發了光，讓評審接受這個「小孤兒」入選為佳作，「命運石」開始輪轉；真的讓「運氣值」爆表的關鍵，還是在最後遇到九歌出版社的支持，在疫情滿天、百業蕭條的艱難時刻，決定不計成本，增加名額出版，真的是值得讓人掉眼淚的驚喜。

在這個世界上，每一個聚落都發展出充滿個性的獨立生活圈。依屬於臺灣地景、人文發展出來的「陣頭」，具有強身、宗教和文化的多層次象徵，但是，最重要、也最容易感應的，還是為了娛樂。三太子的笑臉，隨著後現代新復古的混搭美感，越來越受歡迎；樸實、自由，卻又充滿想像力的臺灣獅，能夠在這個悶年代，隨著《番薯耍少林》的出版，帶來更多希望和歡愉，真的是太好啦！

2. 能夠愛，太好啦！

評審和出版決議確定後，公布作者，才發現二〇一九年她曾以《鯨魚的肚臍》參賽，讓我留下獨特印象。一直覺得，她在塗抹「命名底色」時表現突出，忍不住耙梳起「娜芝娜」這個聽起來有點拗口的筆名，畢竟，對創作者而言，筆名是攸關一生的「唯一、也是最重要」的創作。

原來，「娜芝娜」藏著這麼多豐富的生命象徵。第一層意涵是學日文時的名字，なずな（nazuna），漢字是「薺」，春天時在長莖上開出小白花的可食植物，像自己，有點小貢獻、想讓大家都看見，但又沒自信，只在角落裡吐露一點點花信；第二層意涵，在個性裡注入使命，夏季出生，なつ（夏）的發音和なず這樣相似，化身なずな寫小短文，記錄著生命的盛夏豐饒，yahoo不再提供部落格服務了，她也疏離了文字，舊筆名的夏日回憶延伸成新人生的書寫啟程；最後一層意涵，眺向未來，「娜」的右耳圖象像翅膀，兩個「娜」就並生出一雙翅膀，帶她飛翔到不同於目前領域的另一個遠方，區分屬於「視覺」的工作和屬於「文字」的追尋，成就人生的不同面向。

娜芝娜的創作與閱讀，就是眺望遠方的準備與開展。第一本書《鯨魚的肚臍》，描寫獨角鯨為選擇屬於自己的獵鯨人而殉亡，牠的孩子長不出「獨角」，獵鯨人的孩子卻長出角來，如《失落的一角》的相遇，有一種超越理性藩籬的飽滿能量，在現實與想像邊緣自由流動，不斷裎露出極地的流離、靈性的追尋、生存的不安、文明的檢視，以及共生的必要和必然……，從含藏著哲理的深刻議題中，傳遞出溫柔深邃的情感，帶著點

「國際性」的遼遠和蒼涼。

讓人驚喜的是，第二本書《番薯耍少林》，從微微疏離的「國際想像」，跳接到親切、豐富的「本土在場」。以學生作業延伸出家族史，而後放大到臺灣時空。娜芝娜、她所創造出來的小孫女，和大部分失根流離的我們一樣，「一次也沒有」聽過父母和長輩們的故事分享，直到新生代的歷史學習，兜回此時此地，才開始渴望把家族的故事送給孩子。

因為採訪、互動，罹患憂鬱症後不太說話的父親，開始和娜芝娜聊起小時候的記憶，像回到最熟悉的地方，那些人物、故事和場景，擁有嶄新的呼吸聲息，有一些不曾想像過的生猛力道，「活」過來和我們對話、說笑。能夠這樣親近的愛，能夠從極地到本土，靠近這些記得或不記得、熟悉或不熟悉的故事，真的是太好了！

童年，故鄉，土地……，張開翅膀飛翔。無論是人生的考驗和掙扎、情感的失落和追尋，或者是想像力的翻飛和超越，全都成為豐富我們的生命滋養。

1 起棍

哎喲～我說綺綺呀，才兩個月不見，怎麼妳好像又長高了？我記得今年過年時妳才長到……這兒，就我的胳肢窩這兒這麼高而已，不是嗎？怎麼現在已經長得比妳媽還高了哪。

誒～妳說阿公我記性變差了?!

妳別看阿公我頭上都禿了，頭髮鬍子都白花花了，這腦袋可還是很靈光的喲，阿公都還記得妳小時候晃著那三層腿庫肉，奮力踢著嬰兒車上頭的玩具的樣子哩。

對了，妳上回電話裡頭說前陣子在忙第一次段考是吧，考得如何呢？

嗯，就英文科的分數不滿意，只考了八十五分？八十五分很高了啦，阿公在唸初中時英文也不太行，那時是叫「初中」，現在叫「國中」。

我的英文成績怎麼樣呀，這……說出來保證讓妳嚇一跳。阿公最難忘的一次英文成績是二十七分，嘿嘿，厲害吧。哎呀，妳怎麼笑得這麼大聲？沒禮貌！我告訴妳呀，說到那次的英文成績，阿公我可是很自豪的哪，那是我唯一一次，從頭到尾沒有作弊，完完全全憑實力猜到的分數耶。

妳說用猜的不需要實力？當然需要囉，實力不夠還是會猜錯的嘛～

喔，那不叫實力，叫運氣是吧，但是採用「實力」這個說法，感覺上比較厲害一點嘛。這二十七分的實力也很夠我這輩子使用了，把英文字拆開，每一個字母我都認得，只是合起來就……哈哈哈，就和英文沒那麼好的交情啦。

是喔，英文字母只有二十六個，那我還多得一分呢，可算是比基本程度再好一點，哈哈哈。

咦，妳拿出手機要做啥呀？

要錄阿公講的話喔，妳說要做社會科和英文科的「跨領域學習」作業，老師要妳們回來蒐集長輩講的家族故事。

什麼是「跨領域學習」？

喔，就是結合歷史、地理和公民三科，再加上英文科老師給妳們出的作業呀，啊不就是要妳們回來聽老人講古嘛，用那麼複雜的詞兒，阿公聽得霧煞煞哪。

還要用英文做簡報喔，現在的小孩英文程度都比阿公那個年代好太多了咧。

嗯……要聽阿公講古，就要泡老人茶，綺綺，妳去廚房提一壺水來，順便問妳阿嬤，她上次買的方塊酥還有沒有，吃諸羅名產配諸羅在地的農庄故事最對味，妳說是不是呀。

2 馬步立掌

說到咱們大溪厝這個庄，也是嘉南平原上有名的農業重地咧。開墾歷史到底有幾百年，我也不清楚哩。我記得聽老一輩的在講，雖然我們賴姓在大溪厝算是大姓，不過一開始好像是姓范的先民到這裡開墾，後來就漸漸有其他姓氏的人從唐山移民過來囉。

妳看看，以前是流行移民到臺灣，現在是流行移民到其他國家，真是「十年河東，十年河西」呀。

什麼叫做「每一隻狗都有牠的天」？是英文版的風水輪流轉的意思呀，妳用英文唸來聽聽，阿公也來學學。

「A咪豆哥黑斯伊斯ㄉㄟˋ」，這是什麼碗糕呀，妳把它寫下來，阿公看看。

原來是「Every dog has its day.」呀，用寫的阿公比較看得懂啦，阿公可是有二十七分的英文實力呢。

咦，手機還在錄音喔，那

阿公認真點講故事。

話說回來，我們庄叫「大溪厝」，實際的原因並不是有一條大水圳流過的關係，而是因為後來有不同姓氏的先民來這兒開墾，啊大家都是千辛萬苦的渡過黑水溝，神明保佑加上運氣不錯，才能活著登上臺灣的岸邊，大家一起開墾、互相扶持，所以我們庄就叫「大家厝」，是大家的厝的意思。

綺綺，妳用閩南語說一下「大家」怎麼發音。

哎喲～不是「打剛」啦，「打剛」是「每天」，妳剛剛教阿公的「everyday」，不是我在臭屁，阿公的頭腦還是很靈轉的呢。

「大家」是發成「打給」的音。不過呢，可能是在古早官廳登記的時候，官員誤以為庄民講的是「大溪」（閩南語發音為「逮丂ㄟ」），以前的農民又大多不識字，就這樣被記錄沿用下來了。

好！講完我們庄名的由來，要來講點阿公小時候的趣事，是連妳媽都沒聽過的喲。呵呵呵，妳想從哪段開始聽？

上學？這事有什麼好講的，上學不就是去學校吃便當嗎？那時候妳祖奶奶都一大清早起床幫我們幾個小孩準備好便當，包在布巾裡，我們就這樣提去學校。

哪有什麼書包，都嘛是用布巾包課本，就一塊方型的大棉布，把課本、便當平放在正中央，先把兩個對角互摺，另外兩個對角再一綁，喏！這不就包好了嗎，不過我應該都只有帶便當去學校啦。

差不多到……第二節下課，肚子就好餓了咧，十分忍不住，就把便當給吃掉了。

中午喔，當然就只能猛吞口水看同學們吃便當啦。每天都跟自己說：「今天一定要忍到午餐時間！」不過每天一到第二節下課，肚子就好像設了鬧鐘一樣，咕嚕咕嚕叫個不停，我擔心會吵到同學上課，只好還是先把便當吃掉了嘛。那時坐在我旁邊的女同學，上課很認真的呢，也是住在我們庄裡的，長得很可愛的，噓……這個不要被妳阿嬤聽到。

好不容易挨到放學，就要趕快回家煮飯啦，嗯～妳不相信阿公會煮飯？

那個年代，小孩放學時，大人們都還在田裡忙著呢。說到這個，倒是有個俗諺流傳著：「有女兒不要嫁到大溪厝庄，燒稻草、潑粗糠，每作半田園，作了不死也站黃。」意思就是，大溪厝田地太多，農務繁忙，女人家嫁到咱們這兒來，即便是皮膚白皙的千金小姐也得下田幫忙，光忙著田裡的粗活兒，就算沒累得半死，也被日頭曬到皮膚變黃變黑啦。

既然大人們都還沒從田裡回來，而我是家中孩子排行的老大，總不好讓弟弟妹妹去升火扛飯鍋吧，所以當然就是由我來負責燒飯囉。

配菜喔，就等大人們從田裡回來，妳的祖奶奶就會張羅了。其實也就是弄點醃漬的醬菜，大不了再煎幾小塊的鹹魚，有個味道能下飯就行。可不像現在大家吃飯還講究色、香、味俱全，又得考慮營養均衡的。

而那鍋飯呀……每回要打開鍋蓋時，我都會幻想著鍋裡躺著一粒粒淨白剔透的白米飯，但在衝著臉撲來的溫熱蒸氣散去之後，映入眼簾的卻大多是番薯籤哩。

當時的農民不怎麼使用農藥和化學肥料，當然農耕技術也和現代沒得比，所以稻米的收成很不好，要吃一碗純白米飯真的是一個很奢侈的願望呀。

所以在番薯的產季，就用一些白米和著一堆新鮮的番薯籤來煮；如果不是番薯的產季，就只能加進曬過的番薯乾啦，那滋味實在不怎麼讓人期待。

說到當時的番薯，並沒有像現在的番薯那麼甜、那麼好吃喲。你看看現在市場裡的番薯都小小一條，滋味可說是甜得像蜜，那些都是一直持續在改良的品種囉。不過呀，可能當時的土地還是比較肥沃，阿公我還真的挖過一顆重大約八臺斤的大番薯咧。

啊……八臺斤……就是四點八公斤嘛，哎喲！比妳出生時還重呢。

綺綺，妳看這番薯的名字裡就有個「番」字，意思是啥？意思就是，它並不是咱們臺灣，甚至不是中國大陸或亞洲地區的原生物種哪，聽說是從中南美洲那兒傳來的，在臺灣落地生根的歷史也不過就四、五百年。至於為什麼咱們臺灣人都說自己是「番薯仔」，妳覺得理由是什麼呢？

因為臺灣島的形狀像一條胖番薯？哈哈哈，當然有像啦，不過……是哪一國人看到臺灣大喊「福爾摩沙」的？

喔……是葡萄牙人呀，那他們怎麼沒有大喊「喔～好吃的番薯」？因為他們不是從空中看到整個臺灣的形狀喔，也是有道理啦，但是在那個古早的時代，又有多少人可以從高空中鳥瞰到完整的臺灣島呢？所以應該跟臺灣島的形狀沒什麼關連啦。

我是聽你祖爺爺、祖奶奶說過，在日據時期，臺灣人都私底下謔稱日本人是「狗」，或是「四隻腳的」。在被日本統治的時候，多多少少都會被日本人欺壓嘛，大家心裡不滿，就幫他們取個難聽的別稱，加減舒發一下情緒。結果日本人也私底下叫我們「番薯」，因為番薯很好種，臺灣人窮呀，餐餐都吃番薯，而番薯又是長在土裡，收成時把莖一往上提，四、五條番薯就這樣揚著沙塵出土啦，那些日本皇民們是笑我們臺灣人很土裡土氣的咧。

不過……妳知道嗎？「狗」的日文發音叫「伊奴」，「番薯」的日文發音叫「伊摸」，妳可以想像一下，如果兩方的孩子在街上相遇了，一邊嗆聲叫對方「伊奴」，另一邊回嗆「伊摸」，越喊越大聲，也就分不出「伊奴」和「伊摸」了呀，哈哈哈，妳說是不是呀。

但番薯這個作物，適應環境的能力的確很強，栽種之後很快就可以收成，營養成分又高，實在很符合咱們臺灣人韌命、不輕易放棄的性格呀。

哎喲，一講到番薯就扯久了，阿公是要講怎麼煮飯是吧。妳會不會煮飯呀？妳現在是……國中一年級？現在的說法是七年級喔，這個年紀是可以開始學煮飯了啦，阿公那時還是國小生哪，而且那時也沒有什麼電鍋、電子鍋可以用，倒是有個類似電鍋的自動炊飯裝置，很好奇吧，阿公畫給妳看。

妳看看阿公畫的這個圓桶，就是那時用來煮飯的爐子，直徑差不多有一尺到一尺半……啊，用這個單位妳沒概念喔，就差不多是三十到四十五公分長啦，高度也差不多一尺。爐子外頭包了一層鐵皮，內層是用水泥灌模成型的吧，總之是有個厚度和重量。當然中間是空心的，底部中心也開了一個孔，有一點像在烤日式麻糬的桌上型陶土爐……對啦，要說像花盆也行，但尺寸要大上許多就是了，而且還可以依家庭人口數的多寡來選擇爐子的大小，和妳去買電鍋一樣的概念。

這爐子當然沒有開關呀，也不用插電。怎麼使用呢？首先，要把一個空米酒瓶放在爐子的正中央，然後開始在酒瓶到爐壁間的空間填進木屑，這木屑只要去木材工廠要就可以免費拿到手了。

妳知道嘉義是阿里山木材的集散地吧？以前的阿里山小火車，可不是用來載觀光客的，而是用來載木材的哪。一列一列的火車，把花了幾千幾百幾十年長成的木材，載到嘉義的北門車站，然後再一根一根的推進杉木池……

喔！又講遠了，總之呢，那個木屑要一邊裝填一邊用力壓實，當然得花點力氣囉。要裝到怎樣的高度，就看要煮多少飯來決定，這個得依靠經驗來判斷的，煮飯是一門專精的功夫呢。

等到把木屑裝填到需要的高度，而且確確實實都壓得很緊密之後，就可以把酒瓶拿起來啦，將會形成中間有個通道的環狀木屑塊，看起來像……年輪蛋糕?!是有像，不過妳的腦子怎麼老想到吃的東西咧。

然後就可以從下面的孔洞點火囉。

為什麼要大費周張的從下面點火?妳們國小自然老師有沒有教過，熱度是往上還是往下走呀?對嘛~是往上升的嘛，所以當然要從下面點火，它才會慢慢燒上來呀，而那個酒瓶留下的空間，就變成氧氣的輸送道啦。

確定火有點著了，再把放了一大堆番薯籤、一些白米和適量清水的鍋子擺在這爐子上蓋上鍋蓋，它就開始自動炊飯囉。那白米的數量呀……少到像是點綴夜空的星星一樣的空虛哪。

鍋子安置好了，中途都不需要理它，等爐子裡的木屑都燒完了，這鍋飯就大功告成了。需要多少時間？這也是依經驗值來計算，阿公忘記了咧，那時又沒有戴手錶，反正等大人回來，就差不多煮好了。

3 金雞獨立

誒～自動炊飯程序已經啟動，我的任務完成！這個時候就是我個人的「黃金時間」，嘿嘿，是很寶貴的時間沒錯。妳想想，從早上起床，小孩要走一大段路才能到學校，一放學又得趕著回家煮飯，免得挨罵，哪有時間好好上廁所？趁這個時候天色已經不太亮，但又還沒太黑，去撇條剛剛好。

那個年代的廁所哪需要燈，都嘛是自然採光。怎麼個自然採光法？啊就都露天的，當然就是打天然燈囉。

跟妳說呀，以前一下大雨或颳颱風，房子很容易淹水，所以房子的基面都蓋得比路面還高個幾吋，那時候我家不只高於路面，還在屋子外牆邊疊了一整排的石頭當擋土牆。

對呀，我小時候住的是傳統合院式建築，不過很可惜的，老合院早就被拆掉改建成新式的透天厝囉，原本的位址就在妳尼叔公目前住的那一排新厝那兒。

還沒分家之前，妳祖爺爺兄弟的家眷和我的阿嬤——就是妳的太祖奶奶，都一起住在那個合院裡，幾十個人住在一起，房間都不夠了，哪有剩餘的空間可以蓋廁所？

屋子後面的擋土矮牆外有一條水溝，再過去就是馬路。以前的馬路也不像現在是鋪柏油，都嘛是泥沙和碎石子。而那一排大石頭就是我們家小孩的專用廁所啦。

哈哈哈，看妳笑得闔不攏嘴，妳敢不敢去上那樣的廁所呀？

阿公我最喜歡左邊數來第三顆大石頭，那是我的專屬位子。為什麼喔，因為那顆石頭離後牆還有一點點距離，很適合一邊上廁所一邊拿石頭在牆上畫畫嘛。

不要以為蹲在大石頭上面上廁所很簡單，要能保持平衡是靠從小

訓練來的呢。如果蹲太久腳會麻，還要有技巧的變換姿勢，不然掉到水溝裡可就慘啦。

當然會被別人看見呀，有一回就被那個坐在我旁邊的女同學看到，她還去學校跟老師告狀，不過那就是我家小孩的廁所嘛，就不知道她們家專用的是在哪一條水溝了。

大人當然不是在那邊上廁所呀，光天化日之下晃著白嫩嫩的屁股能看嗎？一直到國小畢業前，我們都是在那排石頭上廁所，不過，等到國小畢業，就進階到別人家的糞坑去如廁了。

要知道在那個一斤化學肥料可能沒比一斤稻穀便宜多少的年代，糞坑可是很重要的作物肥料來源，誰家有糞坑，就代表著他們家的作物會長得比較粗壯哩。不過我家當時沒有多餘的空間可以挖一個糞坑，只好跟鄰居借了。

哪有妳想的那麼美好，妳便便在他家的糞坑，那個便便就屬於他們家的了，才沒有說要施肥時去跟他們要回來的道理呢。俗話不是在講「肥水不落外人田」嗎？就知道這些屎尿在當時多有用處了，好在我們家的田，還是有妳太祖奶奶房裡的尿桶，和每個寢室裡的夜壺可以供應一下養分。

喔，那個糞坑就在我們家合院的對街，有一條巷子直直走進去就到了。上個廁所要走好遠齁，當然如果正好在田裡工作時想上廁所，就直接奉獻給寶貝的農作物們了呀。

那糞坑是用木板簡陋的隔成兩間，基本上是站起來便可以看到隔壁在上廁所的人了啦。坑上擺著兩片木板，木板之間是有空隙的，就一腳踏著一邊的木板，屁股對著中間的縫隙，向下投便便炸彈就行啦。

那兩片木板還不能釘死喔，因為隨時都得從糞坑裡取用肥料的嘛，只要把木板移開，就可以用長柄杓子來挖便便了。

說實話，那樣的廁所是很危險的呢。

我記得有一回下午放學後，我們幾個堂兄弟和鄰居玩伴在我家的禾埕上玩摔跤。哎喲～男孩子就是喜歡這樣打打鬧鬧的嘛。

有個鄰居小孩叫阿榮仔，竟然一臉神祕的在我家合院的側門探呀探的，嘴巴還不知道在嚼著什麼好吃的。我們一起玩耍的幾個男生都是年紀比阿榮仔大一些的，馬上揮揮手喚他進來。

「喂，阿榮仔，你在吃什麼好料，怎麼沒有分享一下咧？」我們這群當中長得最粗勇的阿興仔，一把胳膊就架在阿榮仔的脖子上。

阿榮仔笑開了嘴，露出他還沒吞下肚的食物渣。

「哇哩咧，你在吃年糕喔，都過完年好一陣子了，你家還有甜年糕可以吃？」

我當下看得也好生羡慕哪，就連大過年時，一個人可以分食到的甜年糕也沒有幾塊哩。

「是我之前暗藏起來的啦。」阿榮仔很殘忍的當著大家的面，把他嘴裡最後的一口年糕糊給吞了下去。

「吼！你很不夠意思喔，有偷藏也不和兄弟們交流一下。」阿興仔的臉馬上有一抹慍色升上來。

我倒是比較冷靜的，直接問他：「你是什麼時候偷藏的？不會是過年吧。」

「當然是過年的時候呀，現在都快三月底了，誰家有空做年糕？我是趁過年我媽在炸年糕的時候，偷偷暗槓了幾小塊，先用棉布包著，外面再包好幾層芭蕉葉，就這樣偷偷藏在我的床邊，嘿嘿嘿，連螞蟻都沒發現我有偷藏喔。」

大夥兒一聽阿榮仔的甜年糕是兩個多月前留下來的，忍不住連番作嘔。

「沒有放到發霉嗎？」我很是好奇。那個年代，冰箱這個高科技產品都還沒進駐到人民的生活中呢。

「當然有呀，啊就洗一洗，再用刀子刮一刮，也就看不到霉斑了嘛。」阿榮仔這回把指頭上的殘餘都給舔下肚了。

阿興仔不知道是太羨慕還是嫌他不長腦，一個巴掌就往阿榮仔的後腦杓打下去，倒是阿榮仔一點也不介意，嬉皮笑臉的跟著我們打鬧起來，應該是多少帶著獨吞美味的優越感吧。

沒過多久，阿榮仔突然臉色刷白，「哎喲」一聲就彎腰抱著他的肚子，對我喊著：「快！阿輝仔，借兩支『屎擦仔』給我，我要去廁所。」

我看苗頭不太對，趕緊進房裡胡亂抓了幾支「屎擦仔」，才又跑回禾埕，阿榮仔就迫不及待的往我手上搶，然後一陣風似的向對街深處的廁所奔去。

看著阿榮仔步伐都踏不穩的樣子，我們都笑倒在地上啦，阿興仔還誇張的學著他剛剛嚼著年糕的嘴型呢。

但是，笑聲都還沒歇，就聽到遠遠傳來某個嬸婆的大喊：「卡緊喔！來人喔！有人摔到糞坑裡去啦！」

「肯定是阿榮仔！」我們幾個互看一眼，拔腿就往對街的廁所衝，幸好遇上幾戶人家的大人剛下工從田裡回來，已經把農具往地上一扔，救人要緊。

好不容易，人終於從糞坑裡給拉上來了，當然全身都是大便呀，有個伯公向我們這群青少年喊：「你們快去拿幾顆生雞蛋來。」

拿生雞蛋要做啥？要給阿榮仔灌生蛋催吐呀。吼～妳不知道，那個阿榮仔過了好幾天，身上還都散著一股屎味呀，還好後來他的身體沒什麼大礙，不過這樣的經驗鐵定在他的人生中留下不可抹滅的陰影了。

看妳笑到都快肚子痛的樣子，是在幸災樂禍咧，要不要我也借妳兩支「屎擦仔」？

什麼是「屎擦仔」喔，就是我們那個年代的衛生紙呀，上完廁所擦屁屁用的。

妳知道「黃麻」這個植物嗎？是一種經濟作物喔，長長的一根，直徑不是很大，可以長成一到四公尺那麼高。它的外皮纖維很有韌性，大多拿來做麻繩，要不就捻成細一點的線，用來編織麻布袋。

把它的外皮剝掉之後，內心的纖維比較沒那麼粗，我們就把它剖成一片一片，切段再曬乾，要去撇條的時候，帶個兩支，上完廁所刮一刮屁屁，就很乾淨啦。用完直接丟進糞坑，很方便的哩。

妳那是什麼表情呀，刮兩下不會痛的啦。而且每一戶人家都會在自己的屋子邊種黃麻，根本不怕會缺貨。哪像現在，只要一有原物料漲價或短缺的風聲，大家就一窩蜂往賣場裡頭搶衛生紙，搶不到還大打出手的都有咧。

4 弓步推掌

吃完晚餐呀……庄民們就集合到我家的禾埕練武囉。不用寫功課啦，沒有功課，班上也沒有幾個人會回家複習的，那樣的事哪個小孩喜歡做，是吧？

啊，妳每天都有乖乖寫功課和複習？哎喲～時代不同嘛，以前書裡也沒教人怎麼種田，妳祖爺爺公學校都沒唸幾天，還不是能種一輩子的田，最神奇的是……妳的祖爺爺其實不太會種稻米咧，他最擅長的是種醜豆仔。

醜豆仔是什麼？其實長得也不醜，就是細細長長、扭扭曲曲的一條翠綠色的豆子呀。把種子直接下到土裡，用不著事先催芽，只要架好幾支竹竿讓豆藤攀爬，並不太需要費心照料，生命自然會循著刻存在細胞裡的古老記憶，長成被設定好的樣子。差不多七十天左右就會開花，三個月後就可以收成啦。

妳不喜歡醜豆仔的口感喔，咬起來有指甲刮黑板的感覺？

啊妳的牙齒怎麼知道指甲刮黑板是什麼感覺呀，不過經妳這樣一形容，阿公也覺得耳根連著後腦杓的地方，有聽到刮黑板的聲音，雞皮疙瘩都快冒出來了哪。但是，醜豆仔粥倒是很好吃喔，煮得爛爛的，應該就不會有那種惱人的口感了。

大溪厝是以種稻為主沒錯，怎麼呢？

喔，妳是好奇妳祖爺爺不會種稻，要怎麼過生活呀。

哈哈哈，當然還是得種稻囉，嘉南平原可是全臺灣的穀倉呢。不過，妳祖爺爺到現在都還搞不清楚什麼時候要「打田放水」，什麼時候又得「插秧」、哪個時間點要「施肥」呢。當然現在要下的肥料種類可多了，在他年輕的時候，就是屎尿肥嘛。

反正庄裡都是自己人，田裡要依著時節幹什麼活兒，靠隔壁田的鄰居們來吆喝一聲：「阿牙仔，今天要放水囉。」妳祖爺爺就跟著去啦，這麼搭合搭合著，倒也沒耽誤過任何一段種植流程呢，厲害吧。「阿牙仔」是妳祖爺爺的小名哪，以前人都互叫小名或綽號，叫到最後連本名都給忘了也是常發生的事喲。

嗯……雖然妳祖爺爺對於種田這方面不太在行，但他在庄裡還是有很重要的地位的，像咱們的武術團練和廟裡的陣頭事務，妳祖爺爺說的話可是有「喊水會結凍」的分量呢。他的專業應該是比較往武術方面，而不是種田，人各有所長嘛。

為什麼要練武？那個時代常常發生械鬥呀。

喔～妳們的歷史課有教是吧，「原漢械鬥」是原住民跟漢人，「漳泉械鬥」和「閩粵械鬥」就是漢人之間的衝突啦，不過那些是發生在更古早以前的事，呃……是發生在啥時呀？

對對對，差不多都是發生在清朝，或是早在鄭芝龍、顏思齊這些海商來臺開墾的年代了。妳們現在的歷史課都有教臺灣史，很好很好。

老師說他們是海盜喔，反正就是做海上貿易的嘛。總之呢，既然械鬥是打從臺灣開墾史以來一直都存在的現象，那村民們就有練武的需求啦。

阿公小時候聽過的械鬥，起因大都是和不同村庄的居民有衝突，互相尋仇來的。以前的男人比較擅長用拳頭溝通嘛，用嘴巴溝通是女人家的事，妳沒聽過「潑婦罵街」嗎？就是當時用嘴巴溝通的典型哩。

也因此，每個村庄都有自己的武術團，咱們大溪厝的團名叫「復和堂」，對啦～電影裡面都是說「堂號」，感覺上是比較有氣勢。

所以吃完晚飯，男人們都集合到我家的禾埕練武啦。

我喔，只有練到一些些，年紀太小也不能練的，主要是擔心孩子們貪玩，沒能好好體會武術招式在身體肌肉上的施力點，一個不留神，說不定就會受傷了，又或者仗著自己會個幾招，血氣方剛又自以為是武林高手，便在學校或庄外動不動就跟人起衝突……由於有這些顧慮，練武的都是十八、二十歲以上的成人了。

年紀小的孩子就在旁邊剉番薯籤呀，把番薯皮剉起來餵豬，番薯肉剉絲等白天曬成乾。那時幾乎每一戶人家都有養豬，用來解決自家的廚餘，豬便便也可以當肥料，等把豬仔養大了，還能賣錢呢。

啊？番薯皮的抗氧化物比番薯肉多，所以比較營養喔，那是現代人才知道的新觀念啦，以前有得吃，餓不死就行，哪管什麼營養不營養的。

哈哈哈，妳只猜對一半。庄內的團練一開始並不是由妳祖爺爺教導武功的，我們團有請一個師父來教授武功，都教些什麼呢？以少林的齊眉棍和白鶴拳為主囉，「少林武功蓋天下」這句話妳有聽過吧?!

少林武功裡使用的武器挺多式樣的，不過在民間比較常會用到的，不外乎刀、劍、槍、棍。

哎喲～不是現在那種裝填子彈的槍啦，把棍子頂端架上雙邊都有鋒刃的小槍頭，就變成長槍啦，成語說的「刀槍不入」指的就是這種長槍，此槍非彼槍喔。

所有武器中呢，就屬棍是比較容易就地取材的，我們這齊眉棍的高度……立起來差不多到成人的眉毛這麼高。當然少林棍還有分很多種長度，不過齊眉棍的長度就很好駕馭，也很容易和敵人在還有一段距離時就開始交手。

再加上齊眉棍可是宋江陣中所使用的兵器之一，而宋江陣和獅陣又是咱們庄裡廟會活動時的重點項目，這麼幾層關係考量下，選擇學習齊眉棍的棍法也就是自然而成的了。

說到白鶴拳呀，算是南派的少林拳門派，聽說是明代有個喜好拳術的福建有錢人，從一些有名的武功師父那兒學來的，再把拳術傳給他的獨生女——方七娘，方七娘後來開館授課，就把白鶴拳給推廣起來了。我們庄裡學的白鶴拳，手勢得捏成像鶴嘴的形狀呢。

我們復和堂的師父，也說是從唐山來的。

唐山在哪？嗯，以前習慣說「唐山」，後來大家都說「中國大陸」啦……啥？現在改說成「內地」喔，語言這個東西，真的是隨時都在變化呢。

也因此，那位師父說起話來，帶著很重的鄉音，又濃又糊的像臺灣海峽裡的黑潮水，讓我們這些小孩子怎麼也不敢向他多踏近幾步。就連大人們也實在聽不出是來自於哪省哪縣的腔調，幸好他聽得懂閩南語，不過大家要理解他的閩南語，就得十分費神聆聽了。

當然大家絕對不敢一直問師父「你在講什麼？」，只要想到他可能老大不高興起來，便用拳頭打一下你的頭，你不懂也會裝懂啦，哈哈哈。

每天晚上，妳祖爺爺都得差人駕著三輪車到嘉義市區，畢恭畢敬的請師父來庄裡授課。我們稱他「響師」，就不知道是不是因為他的堂號才這樣稱呼他了。

響師長得不算高，跟阿公我差不多，不到一百七十公分，體型胖胖的……應該是說壯壯的啦，習武的人，每天都在運動，肌肉都比較結實大塊，看起來肯定會粗壯一點，不過他的肚子喔……是真的很有分量哩。

師父剃著三分頭，圓圓的臉形，嘴脣很厚卻帶著明顯的稜角，稜角上偶爾會閃著如刀鋒般的光芒，一看就是個硬角色。眼睛細細長長，眼角是微微上揚的單鳳眼，雖然他的眼睛不大，但只要被他的目光掃到，再加上那緊縮一下的嘴脣肌肉，一般人還是會被那一股氣勢給震懾住的，這就是會武功的人的氣質吧。

他每天都穿著泛黃的白色汗衫，左邊有一個口袋那種，汗衫的纖維一根根仔細的記錄著師父練武所下的苦功。下半身是黑色的功夫褲和膠底邊緣磨到起毛的功夫鞋，腰際也綁了條黑帶子，可能是擔心肚子太大，褲頭會在動作中鬆脫吧，哈哈哈。

沒有啦，以前哪敢這樣開師父的玩笑，不被他一掌劈死才怪。

每天晚上都要練一、兩個小時咧，和你們現在回家寫作業的時間差不多長，而且每天都有不同的進度。棍法和拳法都有各式的套路，師父就一天教一點，可能今天練齊眉棍，明天就練白鶴拳。也不能練太晚，大夥兒認真的打一、兩個小時的拳，差不多就累了，隔天都還要下田工作呢。

練到後來，響師就變成只坐在旁邊盯場當顧問，換成妳祖爺爺帶著大家練，再一陣子，響師也就不來了，全權交給妳祖爺爺接手訓練。

5 愚公移山

妳祖爺爺是不是個武功高手咧？

嘿嘿嘿，除了帶庄民們團練之外，我沒親眼見妳祖爺爺大顯身手過，倒是記得我小的時候，某一年冬天，回想起來……差不多是在國曆的一月份，那時咱們庄裡會在二期水稻收割完之後，大量種植山東大白菜，當年的大溪厝可是臺灣外銷大白菜的重點產地之一，還外銷到當時全亞洲最富裕的「東方之珠」——香港呢。

那日冬陽高照，氣溫較前幾天暖和了一些，正好家裡的菜園也收成了一批山東大白菜，妳祖爺爺看天氣不錯，便整理了一車的菜——是那種腳踏型的三輪貨車，要載到臨近市區的菜市場裡頭販賣。

妳祖奶奶得待在家裡打點還沒到就學年紀的猴小孩們，再加上還有一些田裡的活兒得幹呢，所以就由妳祖爺爺一個人載著滿車的菜上街了。

因為路程不算太近，妳祖爺爺在六、七點鐘的大清早就動身，辛苦的把一車重量十足的菜踩到市場時，約莫也快到九點了。

他那件被年年月月的刷洗下漸漸變薄的棉外套，和緊貼身體湊合著保持點體溫的內衣，早就被一路上肌肉的勞動所榨出的汗水給濡濕了。

到達的時間已經有點遲，市場裡靠近出入口的好攤位，也老早被其他菜販給佔定開始叫賣了，妳祖爺爺只好再往市場內部多踩一段路，很不容易才揀了個位子。

那個時間點，來市場買菜的婦人家也漸漸多了起來，有的婦女背後荷著一個娃兒，手裡還得牽上一個，一路從市場頭買到市場尾，手上、肩上已經提了好幾籃食材了，婦人家每天這樣鍛練下來，個個都嘛虎背熊腰，身強力壯。

對了，妳沒忘記阿公剛剛有跟妳說，女人都是用嘴巴在「溝通」的對吧。

吼～那個殺價聲啦，罵小孩的聲音啦，還有遇到熟人打招呼的音量，都像怕別人沒聽到一樣，整個市場很是熱鬧呀。現在妳去逛菜市場，就聽到攤販的叫賣聲而已吧，很多攤販還得靠大聲公來助陣，以前的人肺活量可能都比較大哩。

這一切如常的熱熱鬧鬧，不知打從哪個時刻開始，竟然漸漸的從市場前端出入口開始往內部消音了。就連那些大嗓門的婦人家，音量都慢慢轉小，變成細細碎碎的耳語，而且伴隨著由遠而近一連串不算規律的敲擊聲。

原來是前方來了幾個大約十七、八歲，小混混模樣的年輕人，帶頭的那個傢伙，歪嘴斜眼的，嘴上還叼著一根菸，以為自己這個模樣很酷咧。他的手上拿著一把木刀，握柄處還用麻繩纏著，應該是他們自己用木頭削製而成的，細緻度並不太夠。那時的武士刀已屬於管制物品，就算是道上兄弟也不會大剌剌的帶著真刀上街的。

那傢伙就一路揮著木刀往菜攤上亂掃亂砍，把人家的白菜、高麗菜都給打破了哪，就知道他使的力道應該不小。跟在他後頭的兩、三個年輕人，也是一副吊兒郎當的模樣，見到被木刀掃到地上的菜，便用腳踢著玩，一點兒也不知要疼惜農人家耕作的辛苦。

大部分的攤商們都敢怒不敢言，是有幾個嘴巴反應比較快的攤商，出口想要制止他們的無理，卻換來他們一行人更過分的破壞。

呃……看來他們不是要來收保護費的樣子，沒聽說他們有要大家把錢交出來，可能就是小混混們無聊，想藉著欺負這些善良的老百姓，來助長一點自己的威風吧。

大家當然都很氣憤呀，不過如果換成是妳在市場遇到這樣的情形，妳會怎麼辦？

打電話叫警察喔，也對啦，但是……那個時代……沒有行動電話咧，一個村庄裡都沒有幾支電話了，大家都是共享電話的喲。

有啦，是有人趕緊騎著腳踏車去通報警察大人，不過緩不濟急呀。

就在那一行小混混快走到妳祖爺爺的菜攤前一段距離時，妳祖爺爺終於搞清楚前方的安靜是怎麼回事。他雙手叉在胸前，獨自一個人擋在他們前進的路上，等著。

哎喲，妳祖爺爺可不像響師長得一副多肉勇壯的模樣，做田人總是怎麼吃都長不了肉，皮膚倒是被日頭給曬到又黑又粗，整個人看起來比實際年齡成熟許多。

「哼，你是打哪兒來的老灰呀？你沒聽過『好狗不擋路』嗎？」那個帶頭的年輕人衝著妳的祖爺爺，沒好氣的喊。他用那把木刀敲啊敲著他自己的左掌，牙齒咬著菸，說話不清不楚的。

「喂！老灰呀，你是沒聽見我們黃大少要你閃一邊去嗎？」跟在後頭的年輕人也相應出聲。

妳祖爺爺當年不過才三十歲左右，就被那些毛頭小子叫成「老灰呀」，真不知是毛頭小子們不長眼，還是種田人看起來比較臭老了。

「喂，少年耶，不要這樣糟蹋人家辛苦種的菜，會遭天譴的。」妳祖爺爺仍然維持著雙手抱胸的姿勢，算是好聲相勸了。全市場裡的人動作都瞬間停格，應該很是擔心妳祖爺爺接下來的命運。

一行少年走向妳祖爺爺跟前，各個都把下巴揚起四十五度角，眼神裡透著輕蔑和挑釁，黃大少的那支菸還隨著他牙齒的磨動，上下微

微晃著。

「啊你是聽不懂我……」

帶頭的黃大少才把木刀微微舉起來，還來不及向妳祖爺爺揮過去，妳祖爺爺便突然的伸出右腳，往黃大少的腳腕子一掃……嘿嘿，黃大少馬上被撂倒在地，聽說還在地上轉了好幾圈呢，可想見妳祖爺爺那一掃的勁道有多強了。

黃大少原本嘴裡的菸，趁他倒地前驚訝得張嘴時，在空中劃下完美的弧線，不偏不倚就落在他的褲檔上。黃大少被燙得大叫，卻又停不住自身的旋轉，妳可以想像那畫面有多滑稽了。現場的其他人當下都不自覺的倒吸了一口氣，眼睛跟著黃大少在地上打轉著。

「快扶我起來！」跟在他後頭的少年們，每個人都傻在原地，一直到聽見黃大少的哀嚎，才好不容易回神，趕緊把黃大少給扶起來，而妳祖爺爺仍然以同樣的姿勢站著，雙手連動都沒動一下。

知道自己遇到會武功的人，這行年輕人再也不敢大意，雖然模樣狼狽，還是趕緊攙扶著黃大少離去。當然離開之前就如同一般小混混們一樣撂下了狠話：「老灰呀，你給我記著，知道我們的老大是誰嗎？俊財老大你知道吧，你等著瞧吧你。」講完才一拐一拐的走掉。

哈哈哈，綺綺，結果如何妳知道嗎？那個俊財老大正好和妳祖爺爺的舅舅是「換帖的」。什麼是「換帖的」？就是拜把兄弟、好麻吉啦，妳那太祖舅公也是條「大尾鱸鰻」呢。

所以過了幾天，當俊財老大去庄裡找妳的太祖舅公話家常時，妳祖爺爺就跟他的「俊財叔」打小報告啦，後來那夥年輕人就再也沒出現在那個市場裡了。

這樣聽起來，妳覺得妳的祖爺爺武功高不高強呢？

6 上步劈棍

這回的市場賣菜事件，妳祖爺爺算是只活動了右腳踝就把事情給解決了，不過後來還發生了另一個和山東大白菜有關的事件哩。

山東大白菜的體積比起其他種類的白菜來得大，一顆平均重量可以長至二到四公斤那麼重，生長期大約兩個半月，等收成大白菜之後就接著忙過農曆年啦。

加上它的纖維比較粗，很適合拿來醃成醬菜，而且久煮也不易爛，剛好過年時節來份酸白菜火鍋，真的是暖胃又暖心呀。

剛剛阿公有提到，咱們大溪厝在二期稻作之後會種山東大白菜對吧，不過山東大白菜是很需要大量肥料的蔬菜，這樣葉片才能長得又肥又多汁，也才能賣到好價錢。這麼剛好的，咱們大溪厝用來耕作的水源含有豐富的氮和磷。

氮肥是莖葉生長期最需要的養分，而磷肥可以促進植物的發育，就像我們人類需要吃八大營養素一樣，植物也需要它們專屬的各種養分哩。

很幸運吧，我們庄裡的水質養分高，所以種植的大白菜不太需要額外給予大量的肥料，種植的成本就相對比較低，收成也比較好。

妳說還有屎尿肥呀，但是全庄也才多少人，要供應一整年耕作上的肥料需求，那要吃多少東西和大多少便才夠用呀，還是得省著點的，化學肥料在當年是很貴的。

好啦，回到咱們庄裡的大白菜，因為品質優良，所以大盤商們通常在採收前的一個月就會來庄裡談價錢、下訂金了。而其中一個大盤商，可是咱們前副總統蕭萬長的父親——蕭芳輝先生哩。

怎麼會講到蕭芳輝先生呢，記不記得妳的太祖舅公也是條大尾流氓呀？哎呀，說「流氓」是比較不好聽啦，講成「地方勢力」可能比較文雅一點。一直到現在，這些地方勢力還是比較容易打進政治和經濟的核心，就看妳和哪方的關係比較密切。所以人家才會說「有『關係』就沒關係，沒『關係』就有關係」呀。

啊……妳有聽沒有懂？意思是，如果妳跟政商或是地方上的人士有良好的關係，遇到什麼事都好辦，但如果妳和這些人士扯不上一點關係，當妳遇上事情需要人幫忙協調的時候，就會處在弱勢的一方了，哎～說起來這也是社會的現實面啦。

就是因為我的舅公擁有這層地方和政商的良好關係，和蕭芳輝先生也算是有不錯的交情，所以我的二伯父，就是妳祖爺爺的二哥，也就跟在他的左右，常常在外頭幫忙處理、協調事情，處處吃得很開呢。

我這個二伯父的個性，是很放蕩不羈，說好聽是活潑外向、做人重義氣，講白了就是沒定性、比較貪玩、喜歡惹事，其實和妳祖爺爺在市場裡遇到的小混混們比起來，也好不到哪兒去。

偶爾我們這些小孩放學後，就會看見他坐在大廳的椅子上向人吹噓今天他又依著我舅公的交代，在外頭處理好哪些事情。

他總是把雙腿開得老大，一隻手肘撐在椅子旁的桌面，然後右腳抖呀抖的。其實聽他吹噓久了，我大概也可以從他抖腳的次數中，猜出事情輕重的程度。

抖、抖、抖、抖、抖、抖、抖，數到七下就先停，好一陣子再開始抖七下，這樣表示那天遇到的事情對他來說，只是像剔牙一樣簡單。

抖、抖、抖、抖，停，再抖、抖、抖、抖，這樣四四分段的頻率，表示他的內心帶著焦躁，這事件恐怕是很嚴重，卻被他輕描淡寫的帶過。

俗話說「男抖窮，女抖賤」，妳阿公我是從來不抖腳的，就怕把財神爺放在我腿上的金子都給抖掉啦，哈哈哈。

不過後來我聽一個學中醫的朋友說呀，喜歡抖腳的人是「腎精斂不住虛火」，身體容易上火，人也就常覺得煩躁，動不動便想發火，以至於常常意氣用事，做事情毛毛躁躁、粗心大意之下就容易壞事。這樣聽來，也可以理解我二伯父的個性和抖腳習慣之間的關連了。

喔，又離題了，接著說我那二伯父的故事——

結果有一天放學，我看到我的二伯父又坐在老位子和妳祖爺爺聊天，那天可能田裡比較清閒，妳祖爺爺早早就回家了。既然大人已經下工，那麼我就不需要趕著煮飯啦，反正也沒功課要寫，我放好便當盒便坐在大廳一角聽他們閒聊。

「吼～那個何仔庄的阿昆仔今天有夠過分。」何仔庄是咱們大溪厝的鄰庄，從庄尾過去就是。

「我今天和水清仔去臭阿楠的店裡談蕭先生要來看白菜田的事……」他的右腳抖了六下便突然停下來，腳底板穩穩踩在地面，傾身靠向我父親。

「阿牙仔，你覺得阿昆仔這個人怎麼樣？」

「阿昆仔？何仔庄的白菜不都是他在跟大盤商接頭的嗎？個性跟你差不多啦，他怎麼了嗎？」我得說句老實話，我這個當弟弟的父親，行為處事都比他這個二哥穩重多了。

「吼～今天那個阿昆仔，不知道是酒喝多了，哪根筋不對勁，竟然滿口酒氣跑來臭阿楠的店裡胡鬧。」二伯父的腳又繼續抖了起來。

「是要胡鬧啥呢？」

「他在那兒大吼大叫說什麼……我們跟蕭先生有暗盤，說我動用關係指意蕭先生用比較差的價格來收他們何仔庄的白菜，要我向他好好解釋清楚。哼！他也沒想想他是什麼角色，啐！」二伯父講到第一個「我」字的時候，腳又停了，挺起身子拍了一下胸脯，看來對自己的能耐也頗為得意，不過等他「啐」完，腳又開始抖了。

「哎喲～他鬧他的，你不要理他不就得了？等酒醒後也就沒事了嘛，你們這些有在外頭走跳的人，喝個幾杯就管不住嘴，這也不是啥新鮮事。」我父親起身打算離開。

「阿牙仔，你不知道那個阿昆仔說得多難聽，我一把火上來，忍不住就……」

「就怎樣咧？」

「沒有啦，就推了他肩膀一下，不過他可能喝太多，一個站不穩便跌在地上了……」抖、抖、抖、抖，停，再抖、抖、抖、抖，我注意到這個頻率了。

「二哥，你也不要那麼衝動啦。」妳祖爺爺揮了揮手，就要走出大廳，一副沒興致再聽下去的模樣。

這時候，我那位嫁到何仔庄的姑姑滿頭大汗的跑進禾埕大喊：「二哥，二哥！阿昆仔在家裡磨刀，說要來找你算帳哪。」

對！磨的還是武士刀哩，我一聽也嚇得馬上站了起來，長那麼大第一次聽到有人要來家裡尋仇，還說要帶武士刀來，妳說嚇不嚇人？

那時候阿公幾歲喔……還很小哩，忘記是國小幾年級了，總之不是血氣方剛的年紀。

我那姑姑繪聲繪影的跟我父親和二伯父報告阿昆仔在何仔庄裡的動態，我父親只是靜靜的聽著。

「啊～阿昆仔只是做做樣子啦，他沒那個膽好不好……」二伯父越說聲音越虛。

「二哥，你在臭阿楠的店裡，到底跟阿昆仔怎麼樣了嘛，讓他氣到要帶刀來找你。」

「啊就……我順勢耍了幾招白鶴拳……誰知道他那麼不耐打……我……我也沒使上太多力啦……」二伯父支支吾吾的，好不容易將事情的大概給交代了。

我父親還沒把一口對自己二哥感到無奈的氣歎完，合院外的大馬路就傳來一陣叫囂：「姓賴的，你給我出來！我阿昆仔今天要好好跟你算清楚，出來！」

我二伯父一聽，整個血氣也衝上腦門，直接往合院大門口邊走出去邊喊：「阿昆仔，你敢來我們賴家的地盤撒野？好！我沒在怕的。」

結果一走到大門外，哎喲！阿昆仔不只帶著自己的兩個兒子來助陣，而且還真的帶了把武士刀來，並謹慎的拿了條鍊子將刀子鍊在他的右手腕上呢，三個人都像背上著火一般殺氣騰騰的。

我父親一看情勢不對，趕緊叫我姑姑把我們這些孩子趕進房間，他自己順手將擺在大廳門邊的兩支扁擔一抓，也往大馬路衝去。

我二伯父看見武士刀在殘陽落日中閃耀的光芒，一時間愣了一下，就在阿昆仔向他揮出第一刀，眼看快掃到他的身體之前……

「二哥！接著！」我父親趕緊拋給他一支扁擔，正好來得及擋下銳利的刀鋒。

耍扁擔跟耍棍是同樣的道理呀，只是扁擔短了點就是，不過妳祖爺爺和祖二伯公可是每天習著少林武功的練家子哪，兩個人、兩根扁擔，也就夠應付對方來的三個人跟一把武士刀了。

在這五個人的拳頭、扁擔和武士刀一來一往過招對決期間，我二伯父以一打二，將阿昆仔的兩個兒子箝制在一隅，而我父親則隻身和阿昆仔交鋒。

打架的時候呀，實在很難顧及到周遭的環境，我父親原本想往後跨一大步，以下腰姿勢閃過阿昆仔的揮刀，卻一個不留神，右腳踩進房子邊的水溝裡，手中的扁擔撞上房子的外牆，哐啷一聲掉在水溝邊上了。雖然他趕緊旋轉腳跟改變身體的重

心，並用前腳掌穩穩抓住地面，但因分心顧及身體的平衡，反倒給阿昆仔有可乘之機。

阿昆仔放開武士刀，讓刀往我父親的方向飛去。說來驚險，帶著鍊子的

刀就這樣衝向我父親的面前，他只能憑藉著身體的反應本能，將腰部往後方更加傾仰下去。

就在此刻，我的二伯父及時把扁擔擋在我父親和飛刀之間，一個揮棒，將刀子打離飛行軌道。

我父親趁機趕緊抓起地上的扁擔，在阿昆仔還來不及用鐵鍊將武士刀收回的空檔，一把轟向阿昆仔的腹部，阿昆仔就像飛往全壘打牆的棒球，往後擊中前來支援的兩個兒子。

哈哈哈，我也覺得他們兄弟倆如果參加中華職棒，比賽成績應該會很不錯哪。

就這樣，何仔庄的三個人倒在地上掙扎了老半天，兩個兒子才好不容易從他們臃腫的父親身體底下爬起來。不過看來妳祖爺爺那一擊力道很強勁呀，阿昆仔只能躺在地上呻吟，最後由他的兩個兒子費了不少力氣才將他架了起來。

兩方人馬交戰了這麼久，多多少少身上都掛了彩，一方面妳祖爺爺也擔心再打下去會出人命，就用胳膊將妳祖二伯公擋住，對他們三個人說：「今天就到此為止吧，以後有什麼事，大家好好講，不要這樣動手動腳的，你們趕緊把你父親帶回家休息吧。」

兩個兒子架著自己的父親，阿昆仔的手連武士刀都握不太牢了，就這麼垂著帶鍊條的刀子，狼狽的往咱們庄尾的方向走去。

阿昆仔看似不太甘心，邊被拖著走嘴裡還邊細念著：「你們這些姓賴的，不要以為我會吞忍下這口氣……」

大家年輕的時候，聽力都比較好，這麼碎念的耳語，竟也被妳祖二伯公給聽見了，進而再度挑起他的火氣，他一把推開我父親，衝向前去回嗆：「好啦，既然你有受傷，我也有受傷，不然咱們再繼續拚出個你死我活呀！」

果然阿昆仔被我二伯父這麼一激，奮力掙脫他兒子的手，將他的右手臂往後一揮，那把武士刀又順著他的手臂方向飛向我的二伯父。

我二伯父反應也快，立馬彈起身子，打算往後跳離可能被攻擊到的範圍，結果萬萬沒想到，那個水清仔不知打哪兒聽聞人家來尋仇的消息，十分講義氣的抓了支齊眉棍就跑來支援，卻好死不死的在我二伯父往後跳的當下跑到他的身後，正好擋住二伯父的退路，水清仔真是妳們現在年輕人說的「豬隊友」是吧。

那把武士刀就這麼劃過夕陽柔暖的餘輝，落在我二伯父的額頭上，他的左額頭馬上血流如注，幸好阿昆仔也實在是受了挺重的傷了，勁道已不如平常，所以二伯父的傷勢還不算太嚴重，僅僅只是皮肉被刀鋒掠過，開了一道口，好在並沒有深入頭蓋骨。

就這樣，兩方人馬便手忙腳亂的各自處理自家的傷兵，這場尋仇事件才畫下句點。

過程中我在幹嘛？我和弟妹、嫁到何仔庄的姑姑，以及妳的祖奶奶都躲在房間裡不敢出來呀，妳祖奶奶還一直咒罵著：「你們這個二伯齁，什麼正經事不幹，卻老在外頭惹事啦，如果害我們阿牙仔受傷，我肯定跟他帳算不完！」

當然打架的過程都是事後聽大人們講述的囉，不過當晚我蹲在地上端詳著仍舊靠在大廳門邊，卻帶著滿身新刀傷的那兩支扁擔，都隱約還能聽見武士刀落在它們身上的撞擊聲響。只要一想到如果我二伯父沒有適時幫我父親擋住那一把飛刀，後果會是如何，我的背脊也不自覺的涔出一大片冷汗呢。

後來那兩支扁擔就照常拿來挑東西呀，直到我長大成家，它們都還堅強的幫著妳的祖爺爺挑菜擔稻呢，不過……這麼說來，似乎已經有好一陣子沒看到它們了，也許早已被遺忘在倉庫邊的某個角落了吧。

7

回頭望月

妳是不是很難想像在妳祖爺爺、祖奶奶那個時代的生活樣貌呀？什麼?!妳也很難想像妳阿公我小時候的相貌呀，我又不是一出生就長成現在這副模樣，可是吃了不少番薯籤，挨了不少頓打，才慢慢長大成一個……

吼～怎麼說阿公是「老灰呀」，妳不要小看阿公這個臉蛋，戴頂鴨舌帽到市場去買菜，還會被攤販老闆娘叫一聲「弟弟」咧。

妳笑得太大聲了啦，那阿公不講了，就讓妳的作業交不成，嘿嘿～

好啦好啦，就是拗不過妳這個小ㄚ頭的撒嬌。哎，我這是招誰惹誰了，就連妳阿嬤生氣時，我都能展現出咱們大溪厝復和堂子弟的氣勢，端出不動如山的鎮定，偏偏唯獨敗在妳這個鬼靈精手裡……

但是，妳這次猜對了，除了剛剛我說的尋仇事件之外，我還聽大人們講過更刺激的故事喲，聽說那次是其他村庄來攻咱們大溪厝哪。

沒錯，是攻村呢！不過那次的事件發生時，我的年紀還太小，可能才三、四歲吧，所以腦子裡是一點印象也沒有的。每當遇上農閒時刻，故人來訪，大人們就會把當年的事件再提出來回味幾遍，算是大夥兒情感記憶上的連結，我從小聽到大，也就如身歷其境囉。

那次事件是怎麼起頭的，說起來可算是妳們這些小女孩兒最喜歡聽的感情八卦了。是由號稱當年大溪厝庄「第一美男子」的萬發仔所引起的，這個寶座一直讓他坐到妳阿公我長大了之後，就換我坐啦，哈哈哈。

妳又笑，難道妳不覺得阿公長得很帥嗎？嘿嘿嘿，等等到樓上翻出我年輕時的照片讓妳評鑑評鑑，看看有沒有當偶像的本錢齁。

好啦，說到這個萬發仔，那年的歲數也二十好幾了，卻一直喜歡在外頭鬼混。他的家人幫他找了幾門親事，想說也許讓他成個家，看看玩心會不會收一收，或許個性會變得稍微成熟穩重一點，結果他竟然對媒人婆介紹來的親事都一副興趣缺缺的樣子。

後來聽那些街坊嬸婆們在謠傳，原來是萬發仔有意中人啦，不過對方是個帶著幼兒的年輕寡婦，叫什麼來著……喔，喔，叫彩君啦，是竹仔腳那一庄的人。

竹仔腳也是大溪厝的鄰村，位在現在國道一號，嘉義交流道的下方，算是嘉義市西方最邊陲的地區，和大溪厝距離差不多半個小時的腳程，也不算太遠。

聽說這個彩君長得可漂亮了，尖尖下巴、豐滿卻細緻的嘴唇，再加上一對隨時水汪汪又充滿靈性的大眼睛，眼角微微上揚像會勾人似的，婦人家都說那樣的眼睛叫「桃花眼」。但如同閩南語有句俗話說「美人無美命」，這個彩君的命運是真的挺坎坷的。

她是竹仔腳的人，娘家經營著歌仔戲的戲班子，幾年前和同庄的人結了親，不過她的丈夫卻在剛結婚那年秋天的一次強烈颱風過後，掉進圳溝裡給淹死了。說是風勢稍見平息之後，到位於水圳附近的田地去巡視，可能是沒注意到暴漲的水流，就這麼被沖走了。那時的彩君，才剛懷上孩子，就成了寡婦。

以前的婦人家如果在年輕時不幸遭遇到丈夫過世，大部分都會為了養育孩子，便早早改嫁了。當然改嫁後和前夫所生的孩子命運會如何，就得看個人的造化，到底在那個時代，要女人獨自扛起一家的經濟重擔，還得帶著孩子，是難為了點。

但這個彩君呀，個性可拗了。雖然說她過世的丈夫也是媒人牽來的親事，以前很少有人是先自由戀愛再結婚的，也就是說，可能在結婚前和對方都還不認識呢，不過她卻一直守著寡，不願意再嫁。

至於我跟妳阿嬤呀，我們算是新時代的人啦，所以是先談戀愛才決定結婚的，哎呀～這又是另一個故事了，晚點再跟妳說。

彩君當時的年紀和妳的祖奶奶差不了幾歲，約莫……十九、二十歲上下，帶著幼小的女兒，就先回娘家的戲班子唱戲，至少不用擔心經濟方面的問題。

這歌仔戲班總在雲嘉南地區跑來跑去，哪兒有廟會謝神、哪兒有富人家宴客，就往哪兒去。而這個萬發仔，不知打從什麼時候開始看上彩君的，便常常往他們搭野臺的地點晃去。遠一點的地方我就不敢說，但嘉義地區的演出，萬發仔可就很勤勞的出席，算是個死忠的粉絲。他的雙親老在怨歎著，若是在工作上也能這麼勤勞，早就掙出一番事業啦。

的確他們兩個，一個俊俏一個標緻，看似高顏值的天生一對，但萬發仔的家人覺得他是頭一次娶親，如果就娶個沒了丈夫還帶著幼兒的，算是虧大了，所以雙親百般的不願意為他去說這門親事。殘酷的是，也聽聞彩君對他本人並沒有看上眼的意思，所以對萬發仔總是一副愛理不理的樣子，讓萬發仔很是苦惱。

那日是農曆的十月十三，竹仔腳的保生大帝聖誕。聽說在庄內遶完境後，於廟埕上設了近百棚的戲臺，當然出自竹仔腳的彩君家也肯定在列。這個萬發仔，妳就不難猜出那一天他的人會窩在哪兒了吧。

是囉，都窩在竹仔腳看戲哩。

這麼剛好的，那一天彩君家的戲班唱的是《陳三五娘》這個戲碼，並且是由彩君唱小旦，擔任女主角呢。

《陳三五娘》是什麼故事？嘿嘿～是愛情故事來的，說的是泉州富公子陳三愛上潮州富家千金五娘的故事。

富公子和富千金，看似門當戶對，但曲折的就在五娘已經許配給另一個紈褲子弟了。當然五娘心裡頭是不肯嫁的，而且也因為和陳三的相遇而喜歡上他，就更拖延著不願意完婚。

為了接近五娘，陳三假扮成磨鏡師父的徒弟，混入五娘家，並且打破一面價值不斐的寶鏡，然後再裝窮賣身當長工來賠償，這樣就可以每天都見到五娘啦。結果紈褲子弟逼婚，要五娘限期成婚，陳三得知心裡一慌，趕緊跟五娘表明了真實身分，兩個人相偕私奔。

故事的結局呀，算是圓滿歡喜的了，兩人如願成親，紈褲子弟也另娶了五娘的妹妹，像不像時下年輕人喜歡追的偶像劇的劇情呀？那時的歌仔戲就是我們的偶像劇呢。

那天的戲就從陳三在元宵節夜晚，上街賞花燈巧遇五娘開始唱起，唱至陳三再遇五娘，五娘以自己的手帕包裹著荔枝，故意丟在地上讓陳三撿拾以訴心意的橋段，彩君和男主角的對唱就充滿了少男少女的含蓄情愫了。

彩君一身小旦扮相，含情脈脈又千金柔弱的樣子，讓硬是佔著戲臺下最前排的萬發仔看得如痴如醉。當彩君將手帕往戲臺地板上一丟時，也不知萬發仔的哪條腦神經卡到了，竟然趴上臺把手帕給搶了去，手捻著帕巾站在戲臺下，一副得意的賊樣。

臺上對戲的角色們瞬時傻愣住，不知道該如何是好，而彩君則瞪著大大的雙眼望著萬發仔，瞳孔都快冒火了哪。

還是唱小生的男主角鎮定，跨著步伐敲著摺扇，挽一挽水袖低下身段，做了個撿手帕的虛手勢，繼續依著劇本唱下去。這一段由萬發仔引起的小插曲，便這麼被展開扇子微拂著的小生，輕輕給搧淡了去。

我說萬發仔也都二十來歲的人了，做事情還是很不經大腦呀。

對了，綺綺呀，上了國中，妳和班上的男同學相處得如何呢？怎麼一個勁兒的搖頭翻白眼咧？

喔，他們每天都在罵髒話、亂講些五四三，讓妳們這些女生覺得耳朵整天都在受汙染呀，還讓老師們的心情常常處於火山爆發的狀態，害女同學們也連帶受罪?!

哈哈哈，這個年紀的男孩子，都是這個樣子的，無非是想引起旁人的注意。我認為呀，這多多少少都帶點雄性動物佔領地盤的原始本

能啦。

啊？不懂阿公在講什麼喔，嗯，阿公來打個比方，妳有注意到外頭的小公狗喜歡到處撒尿對吧。是囉，就是在標註地盤嘛。那狗尿臭不臭？當然臭的呢～一定要臭到可以把其他狗狗撒的尿味蓋過去，這樣地盤就標註好了。

所以呢，男孩子講髒話，就是想要把對方的氣勢給壓下去，不臭不髒怎麼行呢？等到人生的歷練增加了，發現只靠嘴巴來逞威風並沒有多大作用，就會轉而朝向自我能力的提升去追求了。

說起來男孩子的思維還是挺單純的，就連想引起自己喜歡的女孩子的注意，也用同樣的招式哪，至於會不會偏偏得到了個反效果，反而就沒考慮那麼多了。

回到萬發仔的事件，他只顧著引起彩君對他的注意，站在戲臺下三不五時就對彩君揮一揮手帕，卻不知道這樣做反而讓彩君更加厭惡他，以至於連看都不想再看他一眼了。

戲繼續唱到陳三假扮成磨鏡師父的徒弟來到五娘家，為了引五娘出房門而故意打破鏡子。當丫環氣急敗壞的把五娘請出來後，陳三和五娘相對凝視……

我說呀，要當個好演員真的很不容易，舉手投足、秋波送情……各個細節都得詮釋到位，戲臺下觀眾的魂就會被臺上的戲子們給牽著走啦，難怪俗話說「演戲的是瘋子，看戲的是傻子」，而這個萬發仔就是傻子中的傻子了。

臺上的五娘瞧了陳三一會兒，認為自己認錯人了，嬌羞得別過臉去，而陳三卻越是滿副情意的往五娘身上投注眼光。沒想到這一味深情的注視，看在臺下的萬發仔眼裡不舒服了，他張大嗓門的對小生喊：「把你那對髒眼從彩君身上移開！」

被他這麼一喊，臺上臺下的人全都不知所措，萬發仔突然在這時一個步子躍上戲臺，左手往小生的領口一糾，右拳就懸在半空中發狠：「不准唱了！這戲難看死了。」

「你到底是在幹嘛啦！」彩君的話和淚一起噴了出來，轉身就往後臺奔去，頭上的髮飾甩得叮叮咚咚響。

後臺戲班子的人員全都跑到臺前，團長——彩君的父親一把手推開萬發仔：「少年仔，你不要太過分喔，我已經注意你很久了，你不要對我們家彩君這樣勾勾纏的，她對你是一點好感也沒有喔。」

我想當時萬發仔肯定忘了自己是單槍匹馬站在別人家的地盤，竟然回嗆：「如果彩君嫁到我們大溪厝，是會委曲到她嗎？我對她的情意這麼重，你們是懂什麼東西呀。」

哎呀，這一嗆不得了了，臺上臺下的竹仔腳人都出聲了：「你們大溪厝了不起喔，要你來我們竹仔腳撒野？」

這時萬發仔才回過神，環顧了四周，就看見一雙雙憤怒的眼神盯著他，還一步步朝他逼近。情勢明顯敵眾我寡，萬發仔趕緊跳下戲臺，逃回家去了。

8

虛步架棍

萬發仔超遜的對不對，啥？聽起來跟妳們班上男同學的行為差不多?!

哈哈哈，男同學也常常這樣嗆老師，然後就會被罰寫悔過書？什麼?!還有同學才剛新生入學兩周就因為這樣而被學校記一支警告，這也太誇張了吧。

不過萬發仔這下糗大了，惹出的這檔事兒不是寫寫悔過書或記幾支警告就可以擺平得了的。

算他溜得快，原本要半個小時的路程，萬發仔花不到二十分鐘就已經把手扶在家門口喘著大氣了。

「萬發仔，啊你整天都見不到人，是又跑去哪裡鬼混了？你阿爸本來想要叫你擔一點水肥去給田裡的大白菜澆肥，卻到處喊不到你的人咧。」萬發仔的娘端著個空籃子，正打算出門去揀雞蛋，就見萬發仔氣喘不停、滿臉汗水。

「哎喲！啊你是被鬼追嗎，怎麼喘成這樣？」以前的農民沒有機會受太多的學校教育，講話的方式就很有純樸的趣味，妳說是不是呀？

那個萬發仔氣還沒順呢，一個字兒也吐不出來，跟他娘擺擺手，意思是要她別問了。

「整天只會趴趴走，就不會多幫你阿爸分擔一點，都二十幾歲的人了，還那麼沒定性……你不會又去看那個彩君唱戲了吧？」萬發仔的娘一邊走出門外，一邊碎唸，唸到一半突然意識到她這個兒子可能整天裡都耗在哪兒了。

「吼～阿母，妳就去忙妳的，不要每次看到我就一直唸啦，我先進去喝一口……」

萬發仔話都還沒完結呢，隔壁的嬸嬸就慌慌張張的踩著小碎步跑過來，邊喊著：「阿春喔，阿春喂～」

「喲，阿旺嫂，什麼事讓妳這麼慌張的？」

「哎喲～那個短腳雄的田不是在靠竹仔腳那頭嗎？他跑回來說……說那個……」這位婆婆媽媽一急，話也落得亂七八糟的，「那個」了老半天，竟還沒說清個什麼頭緒，倒是「竹仔腳」這個關鍵詞讓萬發仔心頭一驚。

「阿嬸，妳說竹仔腳怎樣來了？」萬發仔顧不得脣乾舌燥，喉嚨都快燒起來，先問清楚事態要緊。

「短腳雄說，他看見竹仔腳來了一群人，每個人手上都拿著傢伙，一路嚷嚷說要來攻咱們大溪厝啦！」阿旺嫂總算把話給說完整了。

「啊沒事來攻咱們庄做啥呀？我們庄裡是有人跟他們在外頭結什麼冤仇嗎？」萬發仔的娘完全無法感受到事情的嚴重性。

「哇哩咧～他們還真的來喔……阿母，我來去找阿源兄一下。」阿源兄就是阿公的二伯父啦，萬發仔丟下這句話，就朝我家合院跑去討救兵了。

我的二伯父在萬發仔十分匆促又缺少口水潤澤的沙啞聲中，隱略明白了事情的概況，尚且不去臆測竹仔腳那方人馬到底是想把事情鬧到多大才會罷休，第一時間還是得先去通報全部的庄民備戰。

他雙手一把擒住倚在禾埕邊上的腳踏車，一邊將車子往大門推去，同時小跑步的跨上車，才正準備加足勁兒往門外衝去，就被萬發仔喊住，還差一點剎車不及哩。

「阿源兄！那我……」

「你也要出去應戰嗎？你是阿呆喔，好好給我待著。」

對方都夥著一大票人馬、操著傢伙來攻巢了，情勢已然演變成庄與庄之間的對決，這時萬萬不能讓對方知道萬發仔的行蹤，要不然可能引起對方更大的情緒反應呢。

「那我……可以自己進廚房……借杯水喝嗎？我……我的……喉嚨……快要燒……」

「吼！啊我家你是不熟嗎？請自便，我沒那個時間跟你客氣。」

我二伯父拚了命的踩著腳踏板，往庄內紫微宮的方向，一邊大聲的喊著：「竹仔腳來攻村喔！男人們快拿武器出來應戰，女人家把小孩顧好，卡緊咧喔！」

為什麼是往紫微宮的方向？因為紫微宮再過去的田間路，就是竹仔腳和大溪厝間距離最近、最便捷的聯通道啦。

幸好那個萬發仔也算是精明，他在灌完幾大杯水後，趕緊分道往大家的田去通報其他還在田裡工作的庄民們，那時我父親也還在田裡忙著呢。大夥兒一聽到「攻村」二字，也沒時間弄清楚原委，直接提起手上的鐮刀、鋤頭，趕往紫微宮的廟埕，至少得先守住廟埕，就可以暫時阻擋對方更深入庄內。

我二伯父這頭在庄內的各小路間穿梭，所經之處無不驚起一陣陣騷動，夾雜著女人家喊著自家孩子姓名的高頻聲調，這樣的場景應該是在二次大戰結束之後，已經近十年不復見了。

他曲曲折折的繞過了紫微宮，在往竹仔腳方向不遠處的小徑轉回主要道路，才衝出路口，就見竹仔腳那幫人馬已臨近庄尾，在他們後頭可見零零星星幾個竹仔腳人正對著完全不知道情況，只是如日常般到田裡工作的大溪厝庄民拳打腳踢。

竹仔腳一行人，最前面領頭的傢伙約莫五十多歲，頂上已是滿頭灰髮，開闊的方臉兩邊冒著又厚又雜亂的鬢角是他的個人特色，像兩片長在臉頰邊的翅膀。他身穿開襟的薄衫，那顆圓滿的肚子在行進間被風吹散的薄衫開口中，若隱若現。

這個人我二伯父也是知曉的，叫阿本仔，是竹仔腳的大尾流氓，輩分和妳的太祖舅公相當，也一直都是妳太祖舅公的死對頭。

他遠遠一見我二伯父——

這個又瘦又黑的二十來歲年輕人，誤以為是看見萬發仔了，衝著我二伯父就喊：「他的人在那兒，咱們上！」

眼見大票人馬高舉著武器往自己衝過來，我二伯父手無寸鐵……呃……就是當時急著出門通報，沒帶上武器啦，但說他「手無寸鐵」也不恰當，因為他就騎著一匹「鐵馬」嘛，哈哈哈。

總之他心裡一急之下，趕緊跳下車，反射性的跨穩馬步，雙手用力使了勁，先把腳踏車舉起來當擋箭牌再說。

他心慌間也意識到阿本仔是認錯人了，大喊：「喂，不是我咧！」

結果好狗運的，在那方有熟人認出我二伯父的聲音，連忙回應：「啊！不是他啦，不是他。」這下才讓竹仔腳人先止住腳步。

放眼大片農田阡陌間，一個高舉著腳踏車的青年，對上一群高舉著棒棍武器的老老少少，襯著西方漸垂的日頭，怎麼看都有份黑色的喜感呀。

「阿本叔，你們這麼大陣仗的，來我們大溪厝是要幹什麼啦。」

以前的腳踏車材質可是扎扎實實的鐵咧，才沒有像現在還用什麼「卡夢」——碳纖維材質，就算平常有在練功，舉久了手也是會痠的，我二伯父確認對方沒再前進，才放心的把車給擺回地面。

「你們庄裡那個叫萬什麼的少年仔，叫他出來！」阿本仔的聲音很低沉，說起話來像是馬達掉到水裡一樣混濁不清。

「阿叔，你說的『萬』什麼的，是萬明伯還是萬川叔？……呃……他們兩個都不年輕了耶。」我二伯父還會用裝傻來拖延時間呢，心裡倒是巴望著救兵趕快到來。

「你不要在那兒給我裝肖唯，你知道我講的是誰，有膽子到我們竹仔腳調戲我們的婦人家，卻沒膽出來面對嗎？」

「阿叔……其實我們兩個鄰庄，平常感情也不錯……」

到底對方領頭的是個長輩，我二伯父還是帶著敬意，不敢太越輩分的說話，幸好在拖延間，他的身後已傳來援兵的腳步聲。

「阿本叔，啊是發生什麼事，要讓你們端出這番陣勢？」我父親握了把鋤頭，站上我二伯父的右邊，想在萬一的情勢中，可以先出手幫我二伯父擋一擋。

後頭集結的大溪厝男人也越來越多了。

「阿本叔，無論如何，你們的人這樣不分清紅皂白的，就把我們的庄民打成那樣，實在說不過去呀。」我父親指著由他們身後掙扎著逃向自庄人的大溪厝農民，他們臉上身上都青青紫紫的啦。

「是你們的人先來騷擾我們庄的女人家，說不過去的是你們的人吧。」

「就是說，我們竹仔腳人都忍很久啦，誰能看自己庄的女兒這樣被外人欺負。」

「我們哪個人去欺負你們的人了？」

「對呀，講得不清不楚的，分明就是隨便抓了個藉口來鬧的吧。」

「是不是對我們大溪厝的白菜市場眼紅呀？」

「誰跟你們在扯蛋什麼白菜，到底是誰不講理呀？」

「阿本老大，跟他們講那麼多幹什麼啦，動手了啦，還客氣咧。」

「你們敢動手？我們也沒在怕的啦，來呀！」

「來呀！」

兩方人馬一來一回，口氣越來越衝，都像是蓄勢待發的箭。我父親和二伯父仍然守著最前線，想看看阿本仔會下什麼指令。

眼見阿本仔慢慢聳起肩，盯著他們兩個人的眼，嘴巴漸漸打開，一副要發號進攻的氣勢，我父親和二伯父不自覺的再把馬步踩得更深了。

就在阿本仔右手的棍棒要往前指的當下——

「慢著！」

一個響亮的喝斥鎮住了雙方，我那從外頭辦事回來的舅公一手把庄民撥開，一手背在身後，很瀟灑的往最前線走去，身後當然跟著幾個小弟。

誒誒誒，我不是要講當一個大尾流氓是很威風的事喔，以前的「地方勢力」和現在那種充斥著毒品、暴力，會拉青少年加入的幫派組織是不太一樣的，我那舅公也不是會胡作非為的人，就是個性講義氣了點，妳可以想像一下，大概就像是武俠小說裡那種行俠仗義的人啦。但看在女人家的眼裡，像妳祖奶奶呀，就會覺得這樣老在外頭「喬事情」，卻不老老實實的在庄裡種田，是很不務正業的，如果以現代的話來講，我舅公也算是有在參與「政治」的，只是沒當上公職而已。

我舅公先是板著一張嚴肅的臉，用那鷹眼似的目光掃過所有人，一些竹仔腳的年輕人被這目光一閃，都敬畏的低下了頭，而他旋即換上一張和藹的笑臉。

「阿本老弟，竹仔腳的鄉親們，大家不要這樣衝動，有什麼事，大家坐下來好好談談嘛，幹嘛帶上傢伙呢，這樣傷感情呀。」

「這事跟你無關喔，我們是來為我們自己的女人家討公道的。」阿本仔一副不甩的微微側過臉去，並不想和我舅公正面對上視線。

「大溪厝的事，就是我的事，大溪厝的孩子，就是我的孩子，小孩子做錯什麼事，我這個家長自然會管教，用不著你們勞師動眾的。」我舅公加重了一點語氣，帶著不容他人侵犯的氣勢，而我父親和二伯父一聽，就自然而然的退回到他的身後，看長輩會怎麼處理了。

「哈！你有在管教才有鬼，那個年輕人都來騷擾我女兒很久了。」彩君的爸爸氣到聲音都在發抖了。

老實說，目前的情況就是，竹仔腳人都知道他們是為什麼而戰，但咱們庄裡的人卻是丈二金剛摸不著頭緒呀。

「各位大哥、小老弟們，就算聽你們這樣講，我也實在無法明白事情的始末咧，不過這樣對峙下去，或是莫明其妙的開打，也不能解決事情吧。」

「好！」阿本仔猛然一轉，回頭望向我舅公。

「就給你們一天的時間，好好去問一下那個叫萬什麼的年輕人，我們明天再來，咱們走！」

竹仔腳一行人就這樣撤走了，這仗還沒開打，就有三個農民列入傷兵名單了。

9

轉身橫掃

那年農曆的十月十三日，立冬已過，小雪將至，大自然的循環已經轉往入冬的第二個節氣前進。當日白天的氣溫還算宜人，卻在和竹仔腳人一陣劍拔弩張的對峙之後，大夥兒即明顯感受到自東北方捎來的冷意。

待庄民們恭敬的送走功夫師父——響師，我家禾埕上的空氣裡還殘留著一點團練後的汗水味和身體發散出的餘溫，那麼固執的與寒冷的季風較量著。

我舅公坐在大廳的神桌旁，一言不發的盯著低頭跪在地上的萬發仔，全庄子裡大部分的男人們都還留在我家，想看看我舅公會怎麼指示。

這樣的靜默持續了好一陣子，最後是萬發仔受不了這個凍結的氣氛，也或許是跪到脖子和膝蓋都痠了，竟先抬起頭來出了聲。

「阿伯……我……」
「你什麼你?!」
我舅公一吼，我家屋頂差一點都要被掀開了哪，那個萬發仔當然也被震到跌坐在地上，十分慌亂的再爬起來跪好。
「人家是個清清白白的婦人家，可以由得了你這樣鬧來鬧去的嗎？」
舅公再一吼，那個萬發仔的眼淚都被吼出來啦，一個二十幾歲的大男人，緊咬著嘴唇，不敢哭出聲音。
「阿順兄，我看竹仔腳人今天只是在氣頭上，明早醒來，大家氣消了就沒事了鷞，這個不中用的，我回去一定好好打罵他一頓。」萬發仔的爹也不好擺明著幫自己的兒子求情，便拐了個彎兒想緩和一下氣氛。

我舅公右掌緊握，一拳打在神桌上「砰！」的一大響，大夥兒又驚了一下，幾個年紀大的長輩差一點沒引發心臟病呢。

「那個阿本仔不會這麼容易讓事情完結的，他就在等著抓到機會來好好弄我一下。」我舅公拳頭握得更緊了，深深的吸了一口氣，而那口氣就同著他的視線，凍結在他左方牆角邊的一個矮凳子上。

那張凳子是壞了一隻腳的，擺在那兒等待哪天妳的祖爺爺有了空閒再來修理修理。而現在，我舅公用沉重的意念盯著它，眾人彷彿看到它像受不住那份壓力似的，微微又傾斜了幾度。

「就是你這隻不知好歹的兔崽子，現在倒好，把全庄給拖進這淌混水裡了。」我舅公瞬間收回他的視線，把原本凝結在胸中的那股氣，如同萬箭齊發，直直射向萬發仔。

是呀，萬發仔被罵得超慘的咧。

啥？妳覺得我舅公很適合來當妳們的導師？那妳們班同學的心臟要很強喔，我舅公生氣起來是很凶的呢。

那晚的結論呀，就是隔天一樣備戰，萬發仔就當是被長輩修理慘了無法露臉。我舅公估計他們再度前來的時間點也差不多是日將落的時分，架是要打，但田還是要種的嘛，田裡頭的作物才不會管你們人類之間有什麼大事要協調，它們也有大自然間的常規要遵循著呢。

為了能在第一時間就掌握對方的動態，我舅公請短腳雄和他的兒子在農作時機靈點，隨時注意一下竹仔腳那方的動靜。

如我舅公所料，隔日下午，和前一天差不多的時間點，短腳雄就騎著腳踏車稍來報告——竹仔腳人已經出動了。男人們趕緊抄了傢伙往廟埕前集合，女人家又是一陣陣尖聲叫喚，連孩子們都能感受到那份緊張的肅殺之氣。

這天因為大夥兒多了點準備，倒是沒有人在他們前進的路途上被毆打，等大溪厝庄的景色映入竹仔腳人眼簾時，咱們復和堂的陣式也一併顯進他們的視線底下了。

這天有沒有真的打起來呀，妳祖奶奶是說沒有，兩方人馬一樣對峙叫囂，隔空口水戰火不停，但我方人數看似比對方稍多，他們也不敢妄動。

這樣的戲碼持續了三天，沒人想當動手的先端，但每到黃昏時刻，大家的神經就緊繃起來，不知道當天的情勢會發展成如何，女人家們各個都怕得要死哩。這麼折騰下來，萬發仔應該很能體會彩君對他每回的糾纏有多麼的不勝其擾了。

到了第四天，阿本仔被我舅公不動如山的沉穩給激怒，再加上他似乎有備而來，號召了更多的人手，在兩方互嗆沒幾句後，就率先發動攻勢，這場混仗焉然展開。

也許是這幾天的騷擾已經把庄民們搞得精疲力竭，再加上對方人馬略勝一籌，一會兒工夫後，廟埕這個關口竟然失守了，竹仔腳人慢慢往庄內逼進。

我的一個大堂哥，那時差不多十出頭歲，一聽人家攻進庄裡來了，嚇得想躲到我奶奶床上的天花板呢。

妳有見過古代的木床嗎？就是有著三面護欄，再加上一個頂棚，那頂棚其實也只是用薄木板拼合而成，並無法承受太多的重量。

對對對，就是那種大戶人家會有的雕花床。雖然我們不是什麼富有的人家，但賴家的地位在大溪厝也是有斤有兩，妳太祖奶奶的床，儘管沒有刻花鑲貝，規格也是不馬虎的。

我那個大堂哥一腳就踩在護欄上，想爬上頂棚躲在床頂和屋頂間的空隙，我母親看到嚇出一身冷汗，直對著少說也有四、五十公斤的他嚷嚷著：「快下來呀！那兒不能踩呀！」就怕人沒被外庄人打傷，也被自己的愚蠢給摔斷了腿。

好在無論戰事怎麼在外頭延續著，對方也不至於失禮到「侵門踏戶」，跑到人家屋子裡頭打人，尤其當時留在屋子裡的，除了那個肇事的萬發仔之外，就都是一群婦人家和小孩們了。

這事件最後怎麼收尾？

唔……說來也挺峰迴路轉的，是有個年輕小伙子眼看情勢不太有利，自作聰明想到放在我家倉庫裡那批新做的兵器。

那兵器是咱們庄裡的紫微宮有慶典時會用到的，平常就和大鼓以及一些敬神祭典時使用的樂器一起收放在那兒。

說到舞獅陣和宋江陣會用上的兵器種類也真是豐富呀，有撻刀、大刀、單刀，鈎、釵、斧、耙、排刀，再加上齊眉棍和其他一堆配件。其中撻刀、大刀、單刀，鈎、釵、耙這幾種兵器是把利刃嵌在長木柄頂端的，只因為刀刃的形狀不同，而有著不同的名稱罷了。

宋江陣的操練一開始的確有保衛鄉里的目的，所以兵器的刀頭都是用傳統鍛造方式打製的，材質十分扎實，更別說這批是全新的，若真的往人的皮膚上劃去，恐怕後果就不好設想了呢。

那個小伙子將嶄新的兵器一把摟進他的胸懷，每把刀槍直豎起來都比他的個頭還要高，總重量也達上百斤了，一個人使盡吃奶的力氣將它們拖出我家合院的大門，放聲喊著：「快來拿兵器！再來跟他們拚下去。」

我的奶奶在房間裡聽到從倉庫傳來「鏗鏗鏘鏘」的聲響時，已經起了疑竇，再聽聞他這麼一嚷嚷，嚇得跳出房門直往街上奔去，看見小伙子還奮力拖著兵器朝戰事方向走去，趕緊從身後拉住他的衣衫。

「不可以！你快把兵器放下。」

「阿嬸，妳幹嘛攔著我啦，竹仔腳人根本已經打紅了眼，我們不能手下留情了啦。」

「這些是新做的，不可以……不可以拿出去打架呀！」

「阿嬸，妳放手啦！」

在那個已經不需要與外族對抗的年代，這些兵器最主要的功能就是敬神活動，用來打架也算是褻瀆神明。再說，雖然相較於早期的刀頭，後來製作的兵器已稍做鈍化，但新製的金屬刀鋒仍舊有一定的銳利度，怕會造成不可收拾的死傷。

我奶奶急著阻止小伙子，而小伙子則猴忙似的想把兵器拖去支援前線，這一拉一扯間，我奶奶還差一點把小伙子的褲子給扯了下來。

「不能拿出去用啦，會見血的！」

我奶奶拚了命的一吼，可能把小伙子給吼醒了，他先是一愣，卻又心有不甘，老大不高興的就把兵器往大馬路上一扔，一瞬間兵器「哐啷哐啷」的散在地上，那聲音也大得驚人。

正巧戰事已延伸至我家合院附近，沒想到竹仔腳人一聽到那陣撼人巨響，再看見滿地亮晃晃的刀鋒，竟也嚇呆了。大溪厝的男人們見對方的進攻氣勢被打斷，趕緊踩這個空檔開始反守為攻，好不容易才終於把竹仔腳人趕出庄子。

就在大家終於鬆了口氣，帶著一身的傷和疲憊回到庄內時……

「大家快來呀！短腳雄不好了……」不知道是誰發現短腳雄躺在一戶人家屋子旁的竹圍下奄奄一息。

短腳雄那年已經快七十歲了，但身體還算是硬朗的，生了七個女兒，很不容易盼到了個兒子，理當要過著安享年歲、含飴弄孫的日子，卻在這次的攻村事件中被對方打成重傷。他老頑固的撐了三天，孩子、孫子日夜都在他的床邊陪著，卻仍舊擋不了死神的召喚。

短腳雄受重傷後過世的消息也傳到竹仔腳去了，演變成出人命的狀況，都不是大夥一開始料想得到的，因為萬發仔而起的這個事件，就在短腳雄死訊的打擊之下，總算告終，這件事也在萬發仔的內心底，烙下深深的一道對短腳雄一家和全庄人的愧疚。

而短腳雄最疼愛的么兒，不甘心自己的父親就這麼被外庄人給打死，心裡的怨懟無處發洩，竟偷偷立下「為父報仇」的志願，因為對方帶頭的是阿本仔嘛，所以他就把仇敵設定為阿本仔了。

他先大費周章的跑去學開計程車，然後常常藉跑車之便，守在竹仔腳和大溪厝之間的大馬路，為的就是等著看看哪一天能遇到阿本仔獨自一人走在路上。

過了好長一陣子，還真給他等著了，阿本仔自個兒騎著腳踏車，從竹仔腳往嘉義市區方向前進，他見四下無人機不可失，踩足了油門就往阿本仔駛去……

後來當然被抓啦，還被判了刑呢。哎～其實以暴制暴的結果通常是兩敗俱傷呀。

我說綺綺，妳知道「武」這個字怎麼寫嗎？

咱們漢字的設計是很有意思的呀，「武」這個字是由「止」和「戈」兩個字合起來的，而「戈」指的就是長柄上架著小刀的平頭戟，是一種兵器，也有戰爭的意思。

咱們回頭看看「武」這個字，「止戈為武」講的不只是字形，也是字意——要能止戰的，才是真正的武術呀。當然庄民們每天的團練，也是為了止戰，但我們人類真的需要止住的，其實是自己內心那頭動不動就想要用無論是肢體的，或是語言的暴力來解決事情的猛獸，所以，習武重在練心，妳說是不是呢？

10 上步架棍

妳問後來那堆宋江陣的兵器怎麼處理嗎？

既然是那個小伙子擅做主張拖出去的，妳的太祖奶奶就罰他每天都要來我家擦拭那些兵器。不只刀鋒上的刮損，乃至於木柄上的傷痕，都得用砂紙仔仔細細的給打磨一番，要他一定把兵器還原成全新的樣貌才肯放過他。

這小子就這麼每天在團練後，獨自留下來和兵器們相對無言。真不知他是吞了多少淚水才把這些兵器大爺們侍奉得服服貼貼，等到妳的太祖奶奶終於看得滿意點了頭，已經是一個月又過去了。

不過，因為後來臺灣的經濟型態已經開始改變，很多庄裡的孩子長大後，都沒留在庄子裡種田，反而轉往城市謀生去了。

當年長者一個個再也使喚不得自己的筋骨，而年輕人卻在成長到可以練武的歲數時，又開始往城裡討生活，庄內的團練就這樣無聲無影的，悄悄從日常作息中被省略刪除掉了。

既然接續傳統技藝的人手不夠，廟會活動中至少需要三十幾個人的宋江陣就再也成不了陣，而那些兵器便只能靜靜的待在我家的倉庫裡，隨著季節的更迭、空氣中冷熱及乾濕的變化，木柄一根接著一根的腐軟，便再也承不起刀頭的重量了。

只有原本就孑然獨立的齊眉棍，依舊挺直著它的身子，浸存著由握過它

的手中滲出的每一滴汗水、每一則庄子裡發生的故事，繼續在歲月的河流裡驕傲著。

就像妳爺爺我呀，也是那些向外漂的年輕人之一。

雖然在成家之前，還是和父母一同住在庄子裡，但是在初中畢業之後，就往市區裡頭找工作去了，以致對於怎麼耍齊眉棍，也就只停格在「起棍」這個動作上囉。

當時可不像現在有人力銀行的徵才求職管道，登在報紙上的徵人訊息都是全臺性的，而像我這樣剛要出社會、一點工作經驗都沒有，也完全不知道自己的職業性向是什麼的毛頭小子，只能騎著腳踏車沿著市區的街道，一條一條的繞，看哪個店家商號的外頭有貼著「徵學徒」的紅單子，就厚著臉皮進去問一問。

對呀，當時很多工作都是從學徒做起的。初中的課程裡並沒有技職相關的訓練，好不容易背起來的二十六個英文字母，也沒能很快的許我一個適合自己的工作，一切都是像在無燈的人生道路上摸索著。

為什麼阿公不繼續唸書？

因為我是家中的長子呀！

看著妳的祖爺爺和祖奶奶為了全家人的溫飽，每天像和老天爺這個大老闆過招似的，心裡頭也是很希望自己多少能幫上一點忙的。

大體上來說，很多農村家的孩子，為了能儘早幫忙分擔家中的生計，都是這樣走過來的。正面一點的去看待這樣的現象，就是許多人很早便上了社會大學，都是扎扎實實生活的歷練和能力的累積。人生在世，秉持著積極的態度不停的去學習、去充實自我就行，能不能繼續升學，也就不需要太過執著了。

我也是試了好幾份不同的工作，都沒能找到適合自己興趣的，好不容易在一個印刷廠應徵上了「製版學徒」這一個職缺。

什麼叫「製版」？

喔……「製版」是設計稿上印刷機前的一個步驟。現在的美術設計工作都是在電腦上直接完成，連印刷製版都是由電腦直接分色輸出成色版就行。但是，阿公所處的可是手工完稿和分色的年代呢，完稿師所畫出來的每一個圓，每一條線，甚至每一個圖案，在在都考驗著師傅的功夫。

而完稿好的設計圖還得再轉印到鋅版上，所以阿公這個新手學徒的工作，就是把轉印到鋅版上的圖樣，依著設計稿的設定，在四個不同的色版上把應該要呈現出色彩的地方塗上藥水。

啊……太複雜了嗎？簡單的來說，我們印刷是由洋紅、黃、青藍、黑，四個原色去疊印出所有色彩的，每個原色都需要一個鋅版，如果這個稿子有黃色，我就得在負責擔任黃色印刷任務的鋅版上，把所有黃色的位置用黑色的藥水塗滿。如果是一份彩色稿的話，一張稿子就要塗四個版，要是位置塗錯了，那印出來的成品可就慘不忍睹啦，我當然不只會被老闆罵到臭頭，恐怕連薪水都賠不起因為我的失誤而造成公司的損失呢。

唔……當時學徒的薪水呀，就一個月六十塊新臺幣，那年，我十六歲。

六十塊的月薪，妳覺得少得可憐？

因為我只是個學徒嘛，薪水剛好就夠我一個月的午餐費。那時一個饅頭五毛錢，一碗陽春麵一塊五，加起來就是一天花兩塊錢。這麼說來，當時阿公我也是月光族呀，每個月的薪水都被自己吃光光了，哈哈哈哈。

但我可是很認真的在練筆上功夫的，沒幾年就脫離了學徒的生活，真的在印刷廠擔任起設計完稿師的工作呢。

綺綺呀，妳有用過火柴嗎？現代人都是用打火機，以前火柴可是很重要的民生必需品喲。

在當年，臺灣火柴公司是全臺規模最大的火柴製造公司，他們的包裝盒上有個小猴子的圖樣，那猴子身上細細的毛，就是阿公我，用毛筆一筆一筆給繪上去的喲。如此細緻的功夫，也是我耐著性子磨練了好幾年，才能展現出這樣的成果，人家說「臺上一分鐘，臺下十年功」，練什麼功，都沒有捷徑，就是專注和堅持而已。

11
蓋棍

也是呀，阿公就此不在自家的禾埕上練少林武功了。

但庄子裡的紫微宮還是在的，廟裡的慶典雖然少了宋江陣的熱鬧排場，卻仍然有咱們復和堂的獅陣為庄民們驅邪辟惡，將慶典的氣氛推升至最高點。

咱們大溪厝復和堂獅陣所使用的獅頭，俗稱「龕仔獅」，妳知道什麼是「龕仔」嗎？就是用竹子編成的一個圓形的大淺盤，以前農村婦女常常將蔬菜擺在裡頭，放在大太陽底下曬成菜乾。而咱們有著一副大餅臉和五官不怎麼立體的獅頭，就如同一個大龕仔般，盛放著庄子裡對於民間信仰的過往和未來。

到底該怎麼形容咱們獅頭的模樣呀……喔！妳記不記得在妳祖爺爺屋子大廳的正面牆上，常年掛著一個結著紅色彩帶的綠色獅頭呀？

對，對，對，就是齜著兩排白牙，臉上畫了很多圖樣，看起來不太凶惡，反倒像是在對妳笑的那個獅頭，但那顆獅頭已經舊了，目前大廟慶典舞的獅頭是存放在廟裡的，不過長相就差不多是同一個樣，也的確不同於一般妳在電視上所見的醒獅——那種嘴巴可以開合、眼睛還能眨呀眨的華麗樣貌，這樣的設計也許著實承襲著咱們大溪厝庄民一貫的樸實和純真的性格吧。

為什麼咱們庄子裡的獅頭是綠色的呀？這可能要去請教三百多年前開庄的祖公祖婆們囉，也許他們覺得綠油油的稻田代表著一年豐盛的開端，所以綠色也就是個吉祥的顏色。

哎呀～這跟妳們現在年輕人說的「嚇到臉都綠了」，是不一樣的緣啦。

而且呀，妳有沒有注意到，咱們的獅頭是沒有耳朵的喲，只在獅頭的左右和頭頂正上方結了三個彩球，便算有所交代了。

妳說，難不成是獅子也嫌慶典的鞭炮聲太吵，不如不要耳朵來得清靜些？

呵呵呵，也說不定是獅子不想老是聽咱們凡夫俗子對生活的嘮嘮叨叨，亂了祂驅邪的工作呢。

咱們的獅陣所踩的步伐是七星八卦陣，先祖們就把這陣步都給畫在獅子的臉上了。

妳說，難不成舞獅還得一邊照鏡子，一邊看陣步？

當然不是囉，雖然說普通話是講「舞」獅，但實際上的閩南話講的卻是「弄」獅呢，也就是除了扮獅子的兩位成員之外，前面還需要有個人來「戲弄」或者說是「舞弄」這頭獅子，這個角色叫「獅俑」，妳的祖爺爺可就是常年擔任這個重要角色的人物呢。當然除此之外，敲鑼打鼓和舞大旗的人員加總起來，一個獅陣也要用上三、四十個人咧。

咱們大溪厝庄的「獅twitter」可不是戴著個大頭套，拿面蒲扇，在獅子前面晃呀晃就行的。妳的祖爺爺一定是穿實了他的練功鞋，雙手擒著兩份金紙，待旁人將他手上的金紙點燃，他便馬步一紮，這動作叫「人請金」，然後他壓低了身子開始踩起七星步。

而舞獅的人則像是被妳祖爺爺手上燃燒的火焰吸引，或趨近，這叫「獅掃金」；或閃離，好似故意不理妳祖爺爺的舞弄一般，將獅頭往獅身上咬咬，做抓癢的動作，叫「獅咬蚤」。

當然還有「探門聯」、「獅入門」……等等的橋段，獅子就是貓科動物嘛，能把一隻大貓的動作舞得唯妙唯肖，觀眾和神明也看得過癮哪。

咦？妳明白啥了？

妳覺得畫在獅臉上的陣步是給妳祖爺爺看的小抄?!

哈哈哈，妳這小鬼靈精，虧妳想得出這個功用。

老實招來，妳在學校考試看不看小抄呀？

哎喲～嘟起嘴啦，說阿公

小看妳在唸書上下的苦工呀。

別嘟別嘟，做啥事都當在練功夫，要把七星步踏得穩，跟妳讀書一樣，都不是一天兩天就能看得見成績的，妳說是不是呢。

阿公剛剛不是有提到，光是宋江陣就至少得用上三十幾個人，這還只是基本的

人數呢。宋江陣的由來是《水滸傳》中，梁山上的一百零八條好漢，所以完整的陣勢要用上一百零八人，不過後來就以七十二人、四十二人和三十六人比較常見了，如果再加上獅陣，全套的武陣都上場，就得號召近兩百人囉。

因此可以想見，在阿公小的時候，廟會活動裡鑼鼓喧天、人聲鼎沸的熱鬧程度可不亞於現在年輕人的跨年演唱會喲。尤其到了每年的農曆二月二十一日，咱們廟裡為了慶祝入廟週年紀念，以及提前幫玄天上帝過聖誕，當天除了戲臺、武陣、獅陣的輪番表演，還有滿滿的貢品——這是最能吸引我們這些小孩們口水和目光的焦點，而且在廟會活動後的全庄辦桌大請客，住在鄰庄的親朋好友都被邀來一起鬥熱鬧，算是當年農村生活中除了過年之外，最讓人期待的一頓豐盛大餐了。

紅龜粿?!妳也知道這個傳統的貢品呀，很不錯喔，我也很喜歡吃紅龜粿，不過傳統上以紅龜粿來供奉玄天上帝，倒是個可能惹怒神明的大禁忌哩。

為什麼呀，妳知道玄天上帝兩個腳掌下踩著什麼嗎？一邊赤腳踩著龜，另一邊赤腳踩著蛇呢，龜精和蛇精是由祂收伏後一起修行得道成仙的，所以祂的誕辰是不會拿紅龜粿來當貢品的喲。

那阿公我最想吃的貢品是什麼呀，就是那個包著甜甜豆沙餡兒的壽桃了，紅龜粿就只好等著過年過節，或是其他神明生日的時候才吃得到了。

當然一直到今日，每逢玄天上帝的聖誕，庄子裡還是要大肆的熱熱鬧鬧一番，但如同阿公先前說的，很多年輕人都陸陸續續出庄找工作，至今，直接外移的人口更多囉，留在庄子裡能扎實的將所有傳統陣勢技藝展現到位的，也大多是像妳祖爺爺那般年紀的長者了呀。

大部分的年輕人對這樣的文化沒有學習的時間和興趣，以至於造成傳統文化在承續上的斷層，一直是讓庄裡的長輩們很頭痛的問題呢。

不過，咱們家族裡倒是出現一個對咱們庄裡的文化技藝特別感興趣的孩子，是你尀叔公的兒子——阿彥。

12

立掃千鈞

說到妳這個年紀比妳媽小上十幾歲的舅舅——阿彥，這孩子小的時候真是讓我們這些大人傷透腦筋哪。

因為阿公只生了妳媽和妳的小阿姨，而我的其他兄弟也都是女兒成群不見男丁。然而依我個人來說，還是比較喜歡女孩兒的貼心撒嬌，所以雖然我是家中的長子，卻不認為非得為家裡生出個繼承香火的男孩，才算盡了人子的責任。

但是在妳祖爺爺的腦子裡，能有男孩子來傳遞家族血脈，仍然是根深柢固的思想認知，阿彥是你祖爺爺跟玄天上帝請求了好久，才終於盼到的長孫，妳便可以想見妳的祖爺爺對於阿彥會多麼的疼愛有加了。

也不知道是天生的個性使然，亦或是被長輩的寵溺所致，阿彥從小就是個十分調皮的孩子。

啥？妳們班上每個男同學都非常調皮，所以妳早習以為常，一點也不覺得稀奇呀。

哈哈哈，當然男孩子調皮、愛唱反調倒也是挺正常的啦。不過阿彥在調皮之外，卻也總愛耍些小聰明，而這樣的特質顯示出阿彥的頭腦其實是很靈活的，他的小腦袋瓜一定是對這個世界充滿了好奇，而且什麼都想親自去嘗試看看，不管大小事都想出手出腳的去探探。

但這樣停不下來的探索行為，對忙碌的大人們來說，就是件十分惱人的事呀，大家得常常費神去盯著他，以免阿彥又搞出讓人臉綠的事情來。

喔喔喔，這個綠會比咱們獅頭的臉還要綠喲。妳看，阿公很快就把妳們年輕人的話語使用得很到位吧。

嗯～譬如說呀……

有一回農曆年前，妳的祖奶奶正在廚房裡頭忙著準備過年要拜拜的糕點，那時一大籠熱氣騰騰的蘿蔔糕才剛從灶上移到飯廳中央的矮凳子上，蒸籠裡的蘿蔔糕還只能算是在來米糊和蘿蔔泥的混和物呢，得待它慢慢涼了才會凝固成形。

那時的阿彥差不多兩、三歲吧，算是聽得懂人話的年紀了。他不知才剛打從哪兒玩耍膩了，雙手都還沾著土呢，便晃到廚房看妳祖奶奶在忙些什麼。妳祖奶奶的眼角瞥見他搖晃著被衣服包成球的胖胖小身子走近凳子上的蒸籠，當然馬上警告說：「阿彥呀，那個很燙喔，你要閃遠一點，不然會被蒸氣烘到。」

阿彥只「喔」了一聲，仍然盯著蒸氣直冒的蘿蔔糕瞧。不過阿彥真的是個話不多的孩子，妳們現在是用哪一個詞形容這樣的人來著？對對對，「省話一哥」是吧，他就是「超省話小哥」了，也許是因為這樣，大人們並不太瞭解他心裡到底在運作盤算些什麼，不過以那個時代長輩們自己的成長經驗和教養習慣，老實說也不太會花心思去理解孩子內心的思想，總之，阿彥還是釘在那兒沒打算離開。

「哎喲～阿彥哪，你是去哪兒玩到手這麼髒？這裡是灶腳喔，阿嬤都在弄吃的，你快去外頭的水缸那兒舀點水，把手洗呼卡乾淨咧。」

「好。」

「啊說『好』不就卡緊去，你長大了，會舀水了齁，還是阿嬤幫你洗？」

「不用。我會。」

對！就這麼省話，哪像妳，兩、三歲時打電話給阿公，就都要講上半個小時，阿公聽到耳朵都痛了。

繼續說到那時，妳祖奶奶手邊還忙著一堆事呢，哪來閒工夫一直盯著這孩子，看阿彥也只是靜靜的像在觀賞那裊裊蒸氣，她便趕緊先回灶邊添柴火去了。

沒想才過不到一分鐘的時間，伴隨著東西撞上地面的聲響，阿彥爆出幾乎可以把屋頂掀開的哭聲，就讓妳祖奶奶嚇得打翻一盆準備要加進大鍋子裡的水。

妳祖奶奶驚慌的轉身跨過灶腳的門檻，呃……灶腳就是廚房，還差一點被門檻絆了腳，就見剛蒸好的蘿蔔糕大籠子斜靠在地上，好險那凳子夠矮，蒸籠傾斜的角度並不是太大，而阿彥那孩子，雙手都沾上了熱騰騰的蘿蔔糕糊，一屁股跌坐在地上。

「哎喲喂呀，阿嬤不是告訴你不要靠那麼近嗎？那個很燙的呀，卡緊來沖冷水。」

妳祖奶奶也顧不得蘿蔔糕糊上正顯著兩個帶著土的小手印，一把擒起阿彥的小胖腰就往灶腳外頭的水缸奔。

阿彥一雙稚嫩的小手就這麼給燙腫了，妳祖爺爺知道後心疼得要命呢，把妳祖奶奶給唸了一頓，當然就又惹得已經在為過年忙到快崩潰的祖奶奶心裡更生委曲，好幾天都不跟妳祖爺爺說上一句話。

那籠蘿蔔糕呀，因為傾斜的角度不算太大，幸好蘿蔔糕糊並沒有流到阿彥身上，但在妳祖奶奶清理好阿彥的手，再回到飯廳收拾殘局時，也已經多給蘿蔔糕糊不少冷卻凝固的時間了。基於愛惜食材的前提下，當然就只能把那兩個小土手印給挖了起來，然後那年咱家的蘿蔔糕就呈現出一個坡度，在接近坡頂的盡頭處還有兩窪淺淺的凹陷。

後來妳祖爺爺為了打圓場，安撫一下妳祖奶奶的情緒，就說那蘿蔔糕是個好兆頭，咱們家來年的收成一定是步步高，而且還有兩個蓄財的水庫在坡頂，家族要開始有錢啦。

結果妳祖奶奶聽了，理應是心裡有舒坦一些，但還是沒好口氣的回說：「對啦，都是靠你這個金孫啦，我們來年就收成好啦，啊你金孫燙到手就都是我的錯啦。」

夫妻鬥嘴嘛，我們做兒女的，其實也不好插手，好在阿彥的手有那層土先保護著，紅腫了幾日，也就復元了，這樣說來……真不知道該說是阿彥運氣好，還是蘿蔔糕運氣不好了呀，哈哈哈。

但這一次的燙手蘿蔔糕事件，看來是沒在阿彥幼小的心靈裡留下太大的陰影，因為等阿彥再長大一點，就更是皮上加皮了。

怎麼說呢？

妳應該有注意到祖爺爺家牆壁獅頭的旁邊，是一個釘在牆面上的神明桌吧。上頭供奉著佛祖的畫像和咱們家的祖先牌位，而桌子的左右兩側都各有一個小抽屜，右邊的抽屜裡放了一些平安符和一盒火柴。

對呀，就是印有阿公畫的小猴子的火柴盒。雖然那時大家已經漸漸改用打火機來點火，但是妳祖爺爺和祖奶奶一直到現在，都還是覺得「番仔火」用起來比較順手哪。

每日，妳祖爺爺在早上出門耕作前，以及傍晚拖著一身疲憊回到家後，都會為佛祖和祖先們點上三炷香，看著細細的香煙，輕輕裊裊的推升到空氣之中，雙手持著香、嘴裡唸著的，不外乎是「祈求老天眷顧、農作豐收、家人平安」之類的樸實願望，或許在阿彥出生之後，又多了「祈求老天爺能讓阿彥長成一個有出頭的男人」這樣對後輩的期許吧。

像這樣應該是心平氣靜而充滿靈性的虔誠時刻，就在阿彥六歲的某一天給徹底的打破了。

那神明桌是有個高度的，把火柴放在那麼高的地方，一方面也是安全上的考量，就怕家裡的小孩子們不懂事，到處翻櫃子、抽屜找東西玩。但對妳那長得不算高的祖爺爺來說，同樣不是方便取物的高度，所以妳的祖爺爺總是左手先握著香，再微微踮起腳尖，用右手在抽屜裡打撈著火柴盒。

那一天呀，妳祖爺爺和著一身汗水和泥土，握著鋤頭和鐮刀，背對著夕陽回到家。很不巧的當天耕作除草時，妳祖爺爺被鐮刀劃傷了右手……喔，因為他和妳一樣是左撇子呀，雖然在他們的年代，父母親都會硬是要孩子把慣用手矯正回右手，但是妳祖爺爺偶爾還是會因為工作時的順手度而改用左手。在工作時受傷了，老人家通常都是用土或野草敷一敷，就回頭繼續專心在農事上了。

雖然身體的疲累已不在話下，但每日例行的點香作業還是如常進行著，不過……到底右手還是受了點傷，妳祖爺爺開小抽屜要撈火柴盒的動作也就不如往常靈活。怎知他撈了老半天，就是摸不到火柴，心裡估計著，也許是那天清早點完香，把火柴丟得太深了，所以他再使點勁兒把右腳踮得更高一些，手就往抽屜裡頭再多探一下，還真終於抓取到東西了，但那卻不是火柴盒的觸感，而是軟軟冷冷又凹凹凸凸的物品，他一把那物品拿出抽屜，哇靠！竟然是一隻蟾蜍！

當然妳祖爺爺髒話馬上就出口啦，嗯……就長輩年代的口頭禪嘛，大家都沒唸過什麼書，說起話本來就不會文文雅雅的。

「是誰把蟾蜍放到這個抽屜裡的?!」妳祖爺爺的火直接從丹田衝上頭頂，那個怒斥聲把在廚房煮飯的祖奶奶都給招吼來了。

而那隻蟾蜍被這麼一掐，也嚇到都噴了汁，這下可就麻煩了呀，剛好妳祖爺爺右手上有傷口的哪！妳祖爺爺把蟾蜍往屋外一丟，就趕緊跑到廚房去洗手，很怕那蟾蜍的毒液會順著傷口滲進皮膚裡呢。

正當妳祖奶奶還在大廳一邊狐疑著打量小抽屜怎麼會出現一隻蟾蜍時，阿彥那個小毛頭就躲在房間通往大廳的小走道上偷笑著哪，結果他越是想壓抑自己的得意和竊喜，就越制不住笑聲，後來竟笑倒在走道上，被妳祖奶奶一手揪了出來。

等妳祖爺爺清理好手上的蟾蜍毒液，心裡還擔心著不知毒液會滲進傷口裡多少，一走回大廳就看見妳祖奶奶擰著阿彥的手臂大聲質問：「你老實講呀，是不是你這個死小孩把蟾蜍放進去的？」

「神桌這麼高，阿彥怎麼搆得到啦。」妳祖爺爺心裡還護著阿彥，想說這孩子才不會這樣對待自己的爺爺呢。

「啊就去飯廳把阿公吃飯的凳子搬過來就夠高啦。」阿彥這孩子還真不會說謊呀，可能是還沉浸在那份搗蛋成功的自滿裡，忘了為自己脫罪吧，哈哈哈。

妳祖爺爺聽著，心中一把火又升了起來，馬上跑到門外撿了根長樹枝，用左手狠狠把阿彥從妳祖奶奶身邊抓了過來，也顧不得右手還有傷，握起樹枝就往阿彥的小腿肚

掃。

「你這個死兔崽子，什麼好事不幹，竟然想來捉弄你阿公?!」妳祖爺爺越打，下手越重。

「阿彥哪，你不知道蟾蜍有毒嗎？如果害你阿公中毒怎麼辦啦。」妳祖奶奶對眼前兩個人的情況都很心急，又想制止丈夫再打小孩，又覺得不好好教訓一下不行，卻也怕妳祖爺爺這一氣，會不會加速蟾蜍毒散到全身。

當然很痛囉，阿彥的小腿肚馬上就出現一條一條的紅色瘀痕，他一邊大哭一邊想躲開落在他腿上的樹枝，在無論怎麼費力閃躲都無用之後，他使出最後的手段，從喉嚨大吼出：「阿公你都不愛我！我最討厭阿公了。」

是不是很多小孩都會來這招？對於跟家長索討東西卻被拒絕，或是想達到自己的某些目的，就用「你都不夠愛我」來向家長做情緒勒索。

這招真的馬上見效，妳祖爺爺立刻停下手，但左手卻把阿彥的手臂抓得更緊了。

「你說阿公不愛你？你知不知道所有的孫子裡，阿公最疼的就是你？」

阿彥這句話深深的刺傷了妳祖爺爺的心，他——這庄子裡的鐵漢子，竟然為了長孫的一句話，流下傷心的男兒淚。

阿彥應該也被妳祖爺爺的眼淚給嚇到了吧，在那次之後，他再也不敢把玩笑開在妳祖爺爺身上。而妳祖爺爺受了傷的右手，終究還是多少被蟾蜍的毒液給影響了，紅腫發炎了好幾天，連農事工作都被嚴重耽誤了哪。

13

隔擋蓋棍

後來的阿彥還是一樣調皮和省話，而且對讀書一點兒興趣也沒有。妳的慝叔公和慝嬸婆因為都要外出工作，實在也無法好好顧及孩子們的教養，隔了一個世代的教育程度又不同，妳的祖爺爺和祖奶奶也就漸漸的管不動他，任他自由發展去了。

直到發生一個事件，大人們才發現這個話不多而略帶陰沉個性的孩子，竟然已經偏離了常軌，差一點被拉入幫派組織。

那是阿彥上了國中的一個傍晚，他趁著妳祖爺爺還沒從田裡回來，而祖奶奶正在灶腳裡忙著晚餐，前廳都沒人的空檔，夥了幾個朋友，到咱們家偏廂的倉庫裡取出幾支齊眉棍。

其實倉庫和飯廳還是相連通的，只是那一扇門通常都不會打開，那群小夥子在阿彥的交代之下，靜悄悄的行事，摸走齊眉棍，到他們唸書的學校附近聲援朋友去了。

等到警察打電話到家裡要家長去警局領人，大人們才驚覺事態嚴重。幸好兩群青少年才開打不久，就被路人看見並且報警，在雙方都還沒闖出大禍之前，就通通被擰到警察局看管著。

雙邊是結怨已深的兩個幫派堂口底下的小嘍囉們，阿彥只是衝著對朋友講義氣，連敵對的那方是哪些來頭都不清楚，就傻傻的被拖下水，但他提供了幾支齊眉棍，也算是難以卸責了。

一知道阿彥的朋友中竟然有幫派份子，家裡頭可緊張囉。雖然說你的太祖舅公也算是有力的地方勢力，但他那時年歲已高，早就不管事，過著遠離是非、閒雲野鶴般的生活。

此後，妳的尪叔公開始嚴格限制阿彥的活動，不過有哪個青少年會甘心被這樣限制行動的，過沒多久，阿彥就三天兩頭的不回家了。

或許阿彥不是塊讀書的料，但是他對咱們庄子裡傳統的武術和陣式，卻在年紀很小的時候就展露出濃厚的興趣。

當妳祖爺爺在禾埕上持著點上火的金紙，踩著七星步弄獅時，個頭還不及大人的腰高的小阿彥，便偷偷的到浴室裡拿出鋁製臉盆，就在偏房門前的暗處自個兒也舞起臉盆獅頭來了。看見他可愛模樣的叔伯姨嬸們原本以為他只是胡亂舞跳一通，沒想仔細一瞧，他的步伐竟也是跟隨著舞獅者的腳步，絲毫不馬虎的。

尤其每回廟裡有活動的時候，阿彥總是收起他陰沉的表情，顯現出難得的熱情，跟著全庄的人忙前忙後的呢。雖然後來他三不五時都沒和家裡人聯絡，不過只要到了廟裡在熱鬧的日子，他就一定會回家。

有一年玄天上帝聖誕，廟會活動最後有一個過火儀式，呃……就是在廟埕上用燒紅了的木炭鋪成一條「火道」，信眾們或是抬著神轎，或是抱著神像，赤著腳衝過這個火道，相信藉由這樣的儀式可以為自己袪邪、解厄，把原本附在身上不好的運勢給清理掉。

那溫度當然是燒燙燙的囉，啊？妳說誰會那麼沒腦的願意打赤腳走過去？

哈哈哈，信眾們當然不會想讓自己燙傷呀，所以在過火儀式開始之前，要選個良辰吉時，把堆在一起燃燒的木炭用長長的竹竿先鋪平，然後再撒上粗鹽。

阿公問妳呀，為什麼還要撒鹽，妳猜得到嗎？

哎喲，妳有在認真上課喔，也知道鹽可以降溫喲，啊……那是國小自然課就教過的呀，好好好，總之呢，撒鹽這個步驟可馬虎不得，得均勻的撒在火道上每一個角落，才能確保火道有完全的降溫。

妳怎麼在偷笑？

喔，妳覺得人類很有趣？明明是想藉由這樣看似危險的行為，來彰顯神明的保佑，卻又要在現實上百般確認是不是真的會燙傷，哈哈哈，阿公小時候也曾經有這樣的質疑呢，妳真不愧是流著阿公聰明血脈的小鬼靈精呀。

不過，我們不如就把它當成是一個淨化的儀式來看待吧。每一個要衝過火道的人，都得先克服自己對那些閃著紅光的火炭的內心恐懼，以及赤腳踏上火道的心理壓力，透過這樣一個儀式，逼迫自己去面對困境與消弭心中對舒適感的過度依賴，也是提升心理韌性的一種方式。

噢，回到那一年的過火儀式，在法師手持令旗開了火路之後，接著是妳祖爺爺和另一位長輩抬著神轎率先為民眾領路。不知道是不是負責撒粗鹽的工作人員的疏忽，妳那扛在神轎前頭的祖爺爺跑到一半，因為一腳沒踩穩，為了平衡而往旁邊多跨一步時，右腳竟踩進一區未降溫的木炭裡，當場一個踉蹌，險些連神轎都要倒向火道了。

在這千鈞一髮之際，阿彥突然從人群裡衝進火道，先是穩住了神轎，並將轎頭趕緊交給前來接應的長輩，然後撐起妳祖爺爺的胳膊，便往放在附近待命的水桶衝。

還好是阿彥的反應夠快，在眾人都還沒能對情況會意過來時，就做出明確的行動。當然妳的祖爺爺右腳掌還是燙傷了，但或許真的是玄天上帝在庇佑著，那傷倒是很快就好了。

這一段插曲微微打亂了整個儀式的流程，也讓妳的祖爺爺對於這個看似放蕩不羈、已經管教不住，卻又打從心底疼愛著、冀望著的長孫，有了另一番的瞭解。

14 仙人指路

雖然在歷經了妳祖爺爺燙傷的事件之後，理論上阿彥和家人的關係應該會有所改善才是，但也許無論是他或是他的父母，誰也拉不下臉來先示好，親子關係就繼續僵在那兒，阿彥仍舊不常回家。

你祖爺爺心裡不捨阿彥一個小伙子，可能就這樣把自己人生的前途給玩盡了，有時遇到阿彥回家，免不了提醒他幾句，但老一輩人表達關心的方式總會讓阿彥認為是爺爺在嫌棄他的不長進，然而在阿彥的心底，卻又明白自己的爺爺是真心疼愛他的，這樣的矛盾在阿彥的內心不斷的糾結著，他便把自己卡在想回家，又想逃離家人的心理困境裡。

有一回他又忍不住溜回家，為什麼說是「溜」回家呢，因為他是從灶腳的後門鑽進家裡的，也許是想先在往大廳的通道上探探那天家裡的氣氛吧。沒想到，當天家裡剛好來了客人，阿彥才進了飯廳就聽見一群人談話的聲音，他一時全身汗毛都跟著警覺起來，以為來客是因他和朋友在外頭不小心惹了什麼事而來拜訪家長的。

看來全屋子的人都集中在大廳了。阿彥把身子緊貼著走道的牆，躡手躡腳的緩緩向大廳前進，努力把耳朵伸得老遠，就想聽清楚所有的談話內容。

「賴先生，請您再考慮一下吧。」一個帶著文雅而沉厚的男人嗓音，聽來似乎不是警方的人員。

「沒有啦，我也不是專業的，就是小時候聽老一輩的講出來的做法，我真的不適合啦。」阿彥聽出是他爸爸的聲音，帶著推託和自餒。

不過聽這對話內容似乎跟阿彥無關，他這才將懸在心中的大石頭輕輕放下，卻更加好奇來客的用意，到底家裡除了庄內人的串串門子，鮮少會有外地來的客人拜訪，而且聽聞客人們說話的語調，似乎都帶點書卷氣息呢。

「我們是考量到賴老先生年事已高，也不好讓老先生太過勞心，要不……也許賴先生您可以撥冗來幫我們的幾個種子學員上個課，再讓那些學員去教小朋友們，我們也知道您還有自己的工作在忙……我們就敲個您方便的時間，您覺得可行嗎？」是一個成熟女人的溫柔聲調，究竟他們是在談論什麼，阿彥聽到這兒都還不十分明白。

「真的啦，我自己也不是說書唸得有多高，怎麼好意思要去教你們這些大學教授和學生？我……我覺得自己不夠格啦。」

「賴先生，請您別被學歷這個迷思給捆綁住，我們系上就是想請您們協助我們為大溪厝的傳統文化復興施一點力，也許您和您的父親一直生活在大溪厝，對這兒的歷史文化都習以為常了，但不能否認的，我們臺灣各地的傳統文化都因為年輕一代沒有接續傳承，而漸漸有了斷層……」聽得出沉厚嗓音男人的誠懇和語重心長。

「是呀，我想賴老先生和老太太的年紀都經歷過日本統治的時期，您們應該瞭解日本人對文化資產的保存一直是不遺餘力的，老太太，可否請您幫我們說服一下老先生跟您的兒子呢？」女客人會請妳祖奶奶轉達，可見在之前的討論中已經發現，妳祖爺爺耳背太嚴重，只有妳祖奶奶講話的音頻他才能聽得到了，哈哈哈。

「兩位教授呀，還有這位大學生，你們頭腦都很好，很會讀冊，啊我們世代是種田的，連話都講不好，如果你們需要用照相的或是錄影的來記錄，我家這個老的一定會全力配合啦。你們說的很對，傳統的文化齁，是真的要保留下來啦，啊不過……講到要教你們這麼會唸書的大學生做『龕仔獅頭』……老實講，我們自己的孩兒、孫子都教不好了，嘜安怎去教你們？」

聽到自己的阿嬤這樣說，阿彥心裡頭直覺是在講他沒出息，而不是老一輩習慣使用的自謙之詞，心裡升起一股愧疚，自然而然的便低下了頭。

「要不按呢啦，兩位教授，現今時間也嘸早了，我看你們嘛坐很久，應該很累了，真拍謝，啊我們農家嘛嘸什麼好東西可以款待你們，你們給我們一點時間想看嘜，看各方面有啥是我們可以幫得上忙的，我們是盡量幫忙啦，啊我的屘子如果不敢去給大學生上課，我也無法度啦，不如過一段時間，讓他想想看啦齁。」

看來是妳祖爺爺坐到想睡覺，在請客人離開了。既然主人已開口，客人們也就不好再待著，很有禮貌的留下拜訪禮物便起身告辭。

當妳的屘叔公和祖奶奶將客人送到大門口時，阿彥突然回想起他剛從後門摸進屋子裡時，就注意到有一臺陌生的白色轎車停在後門的空地上，十之八九是客人的車子。他深深吸了一口氣，在內心跟自己交戰一番後，決定閃回後門去堵客人。

「今天第一次的拜訪好像不太順利……」

「沒關係的，同學，萬事起頭難，我們再接再厲吧，說不定終會說服他們的。」

正當身穿西裝的高瘦教授一邊拍拍他身旁的學生肩膀安慰，一行人一邊走向轎車時，阿彥突然跳出來，擋在他們和轎車的中間。

「呃……那個……教授，我剛剛偷聽到你們跟我爸爸和阿公、阿嬤的談話……」

眼前這一位冒失出現的少年，看起來約莫是個高中生的樣貌，年紀應該不超過二十歲，不過一聽他說的話，教授一行人馬上猜出阿彥和他們拜訪對象的關係。

「喔，是的，我們剛才聽了你父親講述了『龕仔獅頭』的作法，實在很想把這個文化技藝留下來，可是你的父親好像不太願意教我們，我們到現在還在傷腦筋，不知道該怎麼去說服他呢。」

「我……」阿彥張了嘴，話一時又說不出口，低著頭躊躇著。

「嗯？」高個子教授用一個鼓勵的音調回應他。

「我……我……我會做『龕仔獅頭』！」阿彥不知心裡是被誰推了一把，下定決心抬起頭、挺著胸口，用盡他這輩子最大的自信說著。

教授和助教聽了面面相覷了幾秒，顯然都對這少年所謂的「會做」抱持著高度的存疑。

「我曾經做過一個迷你版的獅頭，就放在我的房間裡，但是……

可能要花點時間找一下……」阿彥看見教授們的表情，那份自信又全然的縮回到他內心的殼裡。

高個子教授聽著，想了一想，突然伸出手在自己的提包裡摸索出一張名片。

「同學，不如這樣吧，這是我的名片，等你找到你做的獅頭，可以跟我聯絡一下嗎？如果方便，或許你可以到我的研究室聊一聊，說不定你能幫我們很大的忙，你覺得呢？」

阿彥的內心被這一聲「同學」給擊中，他不好意思告訴教授，他從國三就輟學，跟朋友到處鬼混直至現在。

「呃……好……謝謝教授……」阿彥微微顫抖著手接過那張小小的名片，頭也不敢再望向教授。

「太感謝你了，那麼我們先告辭。」教授察覺出這孩子也許有著不被理解的心事，伸出手捏了捏阿彥的左臂，表示了他的鼓勵。

「啊……教授……」

客人才剛上了車準備關門時，阿彥突然想到什麼似的，一把握住車門阻止教授。

「你還想到什麼嗎？」

「那個……嗯……可以請教授先別把今晚的事告訴我的家人嗎？」

教授一臉不解，想了片刻還是回答：「好的，沒問題。」

「謝謝教授……」阿彥用最深的鞠躬，送走這一車在他心目中屬於高端的知識分子。

就在車子慢慢轉頭準備駛出空地時，卻突然煞了車，教授按下駕駛座的車窗，輕聲的對躬著腰的阿彥問：「同學，請問我怎麼稱呼你好呢？」

「阿彥，叫我阿彥就可以。」他倏然起身，趕緊回答，竟然連自己的全名都不好意思說出口。

「謝謝，那……阿彥，我等你給我電話喔。」

「沒問題，沒問題，我會很快打電話給您，也許明天就會打。」

看著在月光下映出微微光暈的白色轎車逐漸加速，在巷口右轉後終於駛出阿彥的視線，教授那句「請問我怎麼稱呼你好呢？」還在阿彥的心裡盪著。他細數著自己輟學離家，和朋友在外頭廝混的歲月裡，有沒有經歷過像這樣被尊重著的片刻？

沒有。阿彥十分肯定。

他望向掛在天上觀看著這一切進行的月亮，深深的吸了一口氣，重新邁開他的步伐，這回，他決定光明正大從家裡的前門走進去。

15

立劈華山

「阿彥〜真高興你這麼快就來跟我們分享你做的『龕仔獅頭』。」陳教授熱情的展開雙臂迎接有點羞怯瑟縮的阿彥。

「教授，你們學校好大喔，真的不愧是大學耶。」第一次踏進大學校區的阿彥，像初次走進動物園的幼稚園生一樣，對所有事物都感到新奇。

阿彥從背包拿出他做的小獅頭，直徑不到三十公分，上頭的彩繪紋飾如實仿照掛在妳祖爺爺家牆上的那一個獅頭，連外圍的獅子鬃毛也都是用刷開的麻繩給編上去的。

陳教授一看，喜出望外，拉著阿彥往研究室的沙發坐，並且馬上打了分機要助教也一起過來跟阿彥瞭解作法。

「這是我國二的時候，用我爸爸講的方法自己試作一個看看的……」阿彥面對兩雙燃著炙熱求知火焰的成人，一時間不知道該如何自處，兩位老師不斷的引導、鼓勵他把心裡知道的，轉成話語表達出來，阿公之前有說過，阿彥很省話的嘛。

「我是先拿一片木板當底，然後用土在木板上先塑形做成一個模。」阿彥雙手在桌子上做出拍土模的樣子。

「這個土模已經要先把獅子五官的凹凸都做出來，至於獅嘴左右、牙齒邊的兩個洞可以等後來再加工就行。

「要等土模完全乾了，才可以做第二步驟喔。」阿彥專心敘述著，心裡也就漸漸把自己跟教授間的階級感給淡化了，講得越來越順暢。

「然後再拿紙，嗯……我是用報紙啦，要把紙撕成一條條或一片片，再用漿糊鋪在土模上，一次只能鋪一層紙，等完全乾燥後，再用同樣的方式鋪上好幾次，一直累積到一定的厚度，就可以開始做獅子五官的細節，像眼珠、鼻孔微微的凹槽呀、還有牙齒之類的。因為用紙和漿糊很好拿捏，就像自己做了紙黏土一樣。

「等紙全部都乾了，就可以脫模囉，然後用美工刀把嘴角的洞挖好，再用砂紙把裁切的邊磨細，然後就可以上色了。

「這個手工獅頭真的挺費工的，不過當我完成它的時候，真的超有成就感的，就覺得原來我也可以做到這種程度，不是什麼事都做不好……」

阿彥說到這兒，突然意識到自己好像講得太忘我，怎麼不小心就把自己的心底話也給倒了出來呢。

陳教授一直保持著熱切的微笑，聽阿彥講完。

「阿彥，真是謝謝你願意跟我們分享，你說的作法就跟我從你父親那兒聽來的是一樣的，而且看到你這個小獅頭，我得老實說，它實在很讓我感到驚豔，既然你的父親似乎沒有空閒接下獅頭製作的課程，不如……」

陳教授停頓了一下，表情轉為試探的望著阿彥，這讓阿彥緊張到心臟都快從嘴巴跳出來了。

「我是在想，如果你願意，不如我們把復興大溪厝傳統文化活動中，小朋友的獅頭製作體驗課程，直接請你來指導呢？」

「我?!」

「對呀，你就是一個大哥哥呀，小朋友們應該都比較聽得懂你的解釋，你覺得如何？」

「我……」

「你可以試試看呀，剛剛你都說了，當你完成的時候，是很有成就感的，難道你不想讓更多的孩子，都能享受到這樣的成就感帶來的自我肯定嗎？」

陳教授著實探進阿彥的內心深處了，他知道這個孩子最缺乏的，就是社會正向的肯定，他決定不給阿彥猶豫的機會。

「這樣吧，三個星期後的週末，我們要在大溪厝的里民活動中心舉辦『念舊文化情·創新大溪厝』的文化體驗活動，我們已經為小朋友安排了北管傳統音樂體驗，和『龕仔獅頭』製作體驗，差一點這個獅頭體驗就要開天窗了，幸虧有你的出現。」

阿彥完全傻愣在沙發上，不知該如何反應，不過教授也還沒要他做出任何回饋動作。

「以目前的準備時間來說，算是比較緊迫一點，請問你現在是在工作還是就學呢？嗯……不過如果你可以在像今天這樣的平常時間出現在我的研究室，表示你的時間應該算是很彈性。」陳教授自顧自的說，絲毫不給阿彥有機會插上話。

「再加上這是為小朋友而設計的體驗活動，我們可能得簡化、調整一下獅頭的作法……那麼，阿彥，可以請你在這三週內，每週選出兩個時間，來跟我們開會討論一下嗎？我們會付你講師費用的，請不用擔心。」

教授一口氣講到這兒，終於停下來等阿彥消化所有的訊息，但只等了一會兒，就接著說：「因為負責這個活動的學生班是星期二和四有我的課，你方便到我的課堂上來一起討論嗎？時間上有沒有問題？」

去大學的課堂上討論?!這是阿彥從來沒想過的事，他的腦子完全空白一片，腦內的神經元只抓到教授問的最後一個問題，便直覺的回答：「呃……沒有問題……」

「太好了，阿彥，我們就這樣說定了，實在太感謝你願意幫這個忙，啊！我還有課，我得先離開，剩下來的細節，這位是我的助教——劉老師，前幾天你們也見過面了，她會跟你更詳細的說明，你有什麼疑問或需要什麼資源，不要客氣，通通都可以跟她提。」

那位陳教授，看了看手錶，一副上課要遲到的樣子，離去前也不忘拍拍阿彥的肩膀，再三感謝一番，就急著閃人了。

是齁，我也覺得那位陳教授是假裝有課，讓阿彥被迫接受這份工作，但這次的合作卻是改變阿彥人生的重要關鍵。

阿彥真的花了三個星期，每週兩次的去到大學裡，跟教授和大學生們一起討論活動進行的流程和可能遇到的問題，並且一起想出解決的方案，這樣的過程讓阿彥重新認真的省視自己的人生走向。雖然他真的不喜歡唸書，但在那次的活動後，他決定跟隨一位神像雕刻師傅學藝，當然也不會錯過任何傳承我們復和堂技藝的機會囉。

16 收棍

呼～講到這兒，我們的家族故事差不多就講完了，這些內容可夠妳交作業了吧?!講到阿公都餓了哪，妳阿嬤晚飯還沒弄好嗎？

說實在的，妳們老師出這個什麼「跨領域學習」作業真的挺不錯的，人嘛，總是要瞭解自己的根源，無論是番薯還是馬鈴薯，都要明白自己的品種血源，才不容易長歪了呀。

雖然說妳們這個世代是以全世界為舞臺，不過……明白了自己的家族根源，就像是一只相信有人會一直拉著線的風箏，有了那份安全感，風箏才會有更大的勇氣在強風中飛得更遠，因為它可以很踏實的感覺到，就算自己真的失速掉了下來，仍舊會有人慢慢的把它拉回身邊，綺綺，妳說阿公的譬喻有沒有道理呀？

啥？妳還要聽！那阿公要講什麼呀，都講了一個下午了咧。

講阿公怎麼追到妳阿嬤？

吼～妳到底還是愛聽八卦的小女孩哪。

好好好，阿公講，這……要怎麼講呢……

那時候阿公的工作是在臺南的一間印刷廠，當然一樣是擔任設計完稿的工作呀，而妳阿嬤是公司會計部的小姐之一，可以想見那間印刷廠的業務量有多大了吧。

妳阿嬤年輕的時候可漂亮了，啊！不能這樣說，被妳阿嬤聽到我的小命難保，要說……妳阿嬤從年輕就漂亮到現在了，所以，當時有很多男生在追求的，要不是阿公也號稱是大溪厝的第一美男子，恐怕妳阿嬤連斜眼都不會想看我一眼呢。

所以當我好不容易鼓起勇氣約到妳阿嬤，想說，第一次約會嘛，總要給女孩子家留個好印象，便禮貌性的問了那位美人兒：「有沒有要我帶什麼給妳呀？」

「你就帶兩顆蘋果來吧，我們可以一人一顆。」妳阿嬤講得好輕鬆呀，直到那時，我都長到二十好幾了，還不知道蘋果是什麼滋味呢。

那時市面上的蘋果多是從美國進口的五爪蘋果，妳知道一顆要多少錢嗎？

當時一顆蘋果要五十元，兩顆就要花我一百元了呀，阿公當年的薪水一個月還不到一千元新臺幣呢，每次約會就得帶上兩顆蘋果，這樣算算，就是不吃不喝，一個月也沒能約幾次會了。

還好每天都能在公司見到面，算是有主場優勢，而阿公用血汗換來的蘋果也終於打動了美人芳心，好不容易擊退了另一個還在唸醫學系的追求者……

咦～綺綺，妳怎麼笑得這麼開心？

啥？英文有一句俗諺講「An apple a day keeps the doctor away.」，是什麼意思？

是「一天一蘋果，醫生遠離我」喔，那阿公賺到了，我不用每天花五十元買蘋果，就讓醫生遠離阿嬤了，哈哈哈。

好啦好啦，妳阿嬤叫妳去幫忙端菜了，手機錄音可以關了唄，洗手準備吃飯囉。

九 歌 少 兒 書 房 285

番薯耍少林

國家圖書館出版品預行編目 (CIP) 資料

番薯耍少林 / 娜芝娜著 ; 許育榮圖 . -- 初版 . --
臺北市 : 九歌出版社有限公司 , 2022.01
面 ; 公分 . -- (九歌少兒書房 ; 285)
ISBN 978-986-450-380-3(平裝)
863.596 110020165

作 者 —— 娜芝娜
繪 者 —— 許育榮
責任編輯 —— 鍾欣純
創 辦 人 —— 蔡文甫
發 行 人 —— 蔡澤玉
出 版 —— 九歌出版社有限公司
臺北市 105 八德路 3 段 12 巷 57 弄 40 號
電話／ 02-25776564・傳真／ 02-25789205
郵政劃撥／ 0112295-1

九歌文學網 www.chiuko.com.tw

印 刷 —— 晨捷印製股份有限公司
法律顧問 —— 龍躍天律師 ・ 蕭雄淋律師 ・ 董安丹律師
初 版 —— 2022 年 1 月
定 價 —— 280 元
書 號 —— 0170280
I S B N —— 978-986-450-380-3
9789864503841（PDF）